PC name: クリム
「ギルドを立ち上げるんだけど一緒にどうかなって」
「分かりました、私で良ければ喜んで入りますです！」
PC name: 雛《ひな》菊《ぎく》

ギルド『ルアシェイア』結成
「ギルドマスター予定の
クリムです。
今後よろしくね？」
PC name: フレイ
PC name: フレイヤ

PC name: リュウノスケ
PC name: リコリス
「リコリス、です。
よろしくお願いします……
クリムお姉ちゃん」

CONTENTS

Design: 小久江厚（ムシカゴグラフィクス）

illust: ヤチモト

Destiny Unchain Online
～吸血鬼少女となって、
やがて『赤の魔王』と
呼ばれるようになりました～
ディスティニー アンチェイン オンライン
2
resn
[イラスト] ヤチモト

第一章　ギルド結成へ

1　お師匠様になってほしいのです

——どうして、こうなったのか。

現実世界ではまだ早朝。長期休み中ということでハードな夜更かしをしていた学生プレイヤーたちも、今はそのほとんどが就寝中であり、プレイヤーの数もまばらなこの時間帯。

静けさに包まれた『始まりの街ウィンダム』の中央広場……その片隅のベンチでは、ピシッと背筋を正して足を揃《そろ》えた綺麗《きれい》な座り方で、クリムの隣に寄り添うように座る少女が居た。

クリムは腕に感じる子供特有の高めの体温に少し気まずい思いをしながら、少女がその小さな口で上品にサンドイッチを食べている様を、ほへー、と呆《ほう》けて見つめていた。

——綺麗に食べる子だなあ。良《い》いとこのお嬢さんなのかな？

なんとなく、少女の綺麗な所作からそんなことを考えているうちに、少女のほうもサンドイッチを綺麗に平らげ終えていた。

「ご馳走様《ちそうさま》でした、お姉さん」

「うん、それはいいのだけど……」

子供らしいソプラノの声で奏でられる、あまり子供らしくない落ち着きのある丁寧なお礼の言葉。満足そうにその小さなお腹《なか》を摩《さす》っている少女に、ようやく疑問を投げかける。

「君はいったい、どうして私のほうをジッと見ていたの？」

そんな何気ない問いだったのだが、少女はハッとした様子で慌てて頭を下げ出した。

「そ……その節はご無礼を働いてしまい、申し訳ありませんです！」

「だ、大丈夫、気にしてないから、ね⁉」

指摘され、途端に真っ赤になってアワアワし出した少女を、クリムは慌てて宥《なだ》め賺《すか》す。

「その……お姉さんの白い髪があまりにも綺麗で、見惚《みほ》れてしまいましたです……」

恥ずかしそうに膝のあたりで手を組み、もじもじしながらそう語る狐《きつね》の女の子。

――んっ、かわいい。

庇護欲《ひごよく》を刺激するその少女の仕草に、クリムは目元を手で覆い、思わず頬が緩みそうになるのを誤魔化すために天を仰ぐのだった。

そうして、ようやく平静を取り戻した頃……ふとクリムは、気になった疑問を投げかける。

「ところで気になっていたのだけれど……抱えている、その刀は？」

気になっていたこと……それは、銀狐の少女がずっと大事そうに持ち歩いている、鞘《さや》に収められた刀について。

「あ……これは、お店で購入したのです」

「刀、好きなの？」

「はいです、お母様がお仕事で使用しているのを見て、私もいつかあんな風にできたらと思ったのですが……」

クリムが、「刀を使用するお母さんの仕事ってなんだろう、神職？」と首を捻《ひね》る。

しかしそんなクリムの疑問をよそに、訥々《とつとつ》と語った銀狐の少女が、大事に抱えていた刀を鞘から抜こうとするのだが……まるで鯉口《こいぐち》に鉛でも流されたかのように、ぴくりとも動かなかった。

「この通り、抜けないのです……」

「あー……」

悲しげな少女の言葉を聞いて、クリムは頭を抱える。それは何故《なぜ》できないのか分からないからではない。むしろ、理由を知っているからこその反応だ。

このゲームには、初期状態であっても対応する武器を手にした瞬間に自動的に習得することができる基本武器のスキルの他に、複数のスキルが所定の熟練度に到達すると入手することができる『複合武器スキル』と、条件を満たして初めて使用可能となる『上位武器スキル』が存在していた。ちなみにクリムの『大鎌』が複合武器スキルであり、少女の望む『刀』スキルは上位武器スキルに該当する。

そして……たまたま、暇つぶしに流し見ていたフォーラムの掲示板。初心者向けの攻略記事の中で、やってはいけないことの中に、このようなことが書いてあった——『店売りの刀は罠《わな》。装備もできないのに最初の街で売っている』と。

気は進まないが、黙っているわけにもいかない。どうにか少女にそのことを告げ終えたクリムだったが。

「では、私には装備できないのですね……」

「うっ……」

クリムが言うまでもなく、少女はクリムの反応から察してしまっていた。悲しそうに目を伏せる少女に、チクリと胸が痛む。

「い、いや、スキルさえ入手したら、装備できるようになるから……」

「ですがいまのお姉さんの様子だと、それはかなり過酷な道なのですね？」

「その……うん」

刀スキルを得るためには、かなり遠くのエリアまで足を延ばしてイベントをこなさないとならず……そのイベントというのがまた、ソロで強敵と戦うという、かなり難易度が高いもの。

少女を元気付けるための嘘《うそ》を言うのは簡単だ。だが、それでは意味が無いと心を鬼にして頷《うなず》き、スキル取得の手順について説明する。真剣な表情で聞いていた少女は……クリムが全て説明を終えると、ふっと笑ってみせた。

「分かりました……頑張って研鑽《けんさん》を積んでから、挑戦してみるです。教えてくれて、ありがとうございます」

そう言って、どこか寂しそうな笑顔で丁寧に頭を下げる少女。そんな姿に、何かしてあげたいと思ってしまったクリムは、咄嗟《とっさ》に声を上げていた。

「あの！　……その刀、少し、借りていいかな？」

「え……はい、構いませんですよ？」

突然のクリムの提案にもかかわらず、少女は大事に抱えていた刀を快く貸してくれた。

それを受け取ると、簡易貸し出しの承認というウィンドウが現れ、二人で『ＹＥＳ』を押すと刀は無事クリムの手に渡った。

「それじゃ、失礼して……」

借り物ゆえ、緊張した手付きで鞘を払うと……少女の時はピクリともしなかった鞘からシャランと涼やかな音を立てて、秘められていた白刃が露《あら》わになる。

――短い間だが剣術に触れていた時期もあるし、日本刀の扱いは、何故か妙に熟達していた母に、幼い頃に仕込まれた。

滅多に顔も見せない母への反発心からこの数年はご無沙汰だったが……刀とは不思議なもので、こうしていざ抜刀してみると、それだけで身が引き締まる思いがする。

「お姉さん、抜けるのですか⁉」

「うん、私はスキルを取得しているからね」

少女の疑問に答えながら刃を検分した後、刀を正眼に構える。

朝の清廉な空気に晒《さら》されて、精神が研ぎ澄まされていくような感覚。

神経を集中し、極力乱れが無いように意識しながら、ゆったりとした動きで袈裟《けさ》に斬り、払い、突く……と何度か演武を行った後に、納刀する。

途端に、抜き身の白刃を手にしていた緊張感から解放されたせいか、汗がどっと流れ出す。

しかしすぐに、ふう、と深く息を吐いて、鞘に納めた刀を今度は居合いの要領で腰だめに構えて柄に手を添え、呼吸を整える。クリムが少女に見せたいものは、ここからが本番だ。

――思い出せ、この刀スキルを入手したときのクエスト内容、その中でも最も難関となるであろう、『あの試練』の内容を。

まだスキルレベルが十分に上がっていないため使える戦技《アーツ》は少ないが、型の模倣はできるはず。

そう自分に言い聞かせると、今もまだ微《かす》かに記憶に残っている、クエストボスの使用していた攻撃パターンを手繰り寄せ、その動きをゆっくりとトレースしていく。

そうして精神を削るような模倣演武を終えて……クリムは、今度こそ刀をしっかりと鞘に納める。

「はい。ありがとう、貸してくれて。もし挑戦するつもりなら、今の私の動きをしっかりと覚えておくといいよ」

少女へと刀を返却し、ついでに協力を申し出ようとして……そこで、ようやく気付く。クリムを見つめる少女の目が、今度は尊敬に輝いていることに。

「あの、お姉さん……私の、お師匠様になってほしいのです!!」

「…………え!?」

そう、興奮した様子で叫ぶ少女に、クリムは驚愕《きょうがく》の声を上げるのだった。

2　高原乱戦

現実時間では昼下がり……ゲーム内ではひんやりとした風が心地良く流れる午前中。クリムにとってあまり喜ばしくはないことではあるが、現在の天気は快晴。

人もまばらなエヴァーグリーンの平穏な街道を、フレイとフレイヤの二人と合流したクリムは、のんびりと歩いていた。

だが、昨日と違うのは……そこにもう一人、幼い狐の少女が加わっていたことだった。


「ふーん、それでお師匠様になっちゃったんだね？」

「うん……どうにも断り切れなくて」

「あはは、クリムちゃんらしいよねー」

フレイヤの疑問に、頭を掻《か》きながら気まずげに答えるクリム。ちなみに少女は最初、クリムを師匠呼びしようとしていたのだが、それは少し恥ずかしかったので止めさせた。

「お姉さん、早く早く！」

クリムを呼びながら、耳をぴこぴこ、大きな尻尾を振って先頭を歩く、まだ幼い少女。

その微笑《ほほえ》ましい光景にほっこりと表情を緩め、手を振って答えながら……左右並んで歩くフレイとフレイヤに、今朝の事情を説明する。

「それで女の子に付き合っていたのか、最初合流した時は知らない子が増えていて、何事かと心配したぞ」

「心配って何を」

「いや……インタビューで『いつかやると思っていた』と答えないといけないかもって心配をだな」

「ひどい⁉」

「だっていよいよその容姿を利用し始めたのかと思うだろ」

「しねぇし⁉」

　ククッと笑いながらとんでもないことを言うフレイに、クリムはその腕あたりをダメージ判定が出ない程度に軽く殴りながら、抗議するのだった。

「それで、あの子……えぇと」

「雛菊《ひなぎく》ちゃん。銀狐《ぎんこ》族っていう、ワービースト系のレア種族みたい」

　銀狐族……最大の特徴は、HPを消費して攻撃力アップや霊体へダメージが通るようになる『蒼《そう》炎《えん》』というスキルを持っていることだと、少女から説明を受けていた。

　……なお、これは炎弱点、光弱点、魔特効という三重苦で全ての特効がクリムに刺さるという天敵のような能力であり、その炎が自分に向けられないかと内心では戦々恐々《せんせんきょうきょう》なのである。

「それで、あの子は実力のほうはどんな感じだ。聞けば、刀スキルを取得するためのクエストは相当に難易度が高いのだろう？」

「うん、あの年にしては驚いたことに、すごく高いよ。なんでもお母さんの影響でこの手のゲームもやっていたみたい。剣の手ほどきも受けていたそうで」

その指導をしていたお母さんはいったい何者なのだろうと思いつつも、そう褒める。

実際、午前中、二人に合流するまでの短い時間で少女のスキル上げに付き合っていたが、貸し与えた片刃の両手剣の扱いはすでに様になっており、スポンジが水を吸収するが如《ごと》くメキメキと実力を向上させていた。

更には元々ある程度ソロ活動もしていたらしく、スキルのほうもそれなりに育っていた。

今であれば、フレイとフレイヤと合わせて四人なら、まだまだプレイヤーでごった返しているエヴァーグリーンを避けて、隣の『高地カレウレルム高原』へ行っても大丈夫だろうと判断したクリムの提案により、一行は移動中だった。

「クリムお姉さん」

「ん、雛菊ちゃん、どうかした？」

「私はまだエヴァーグリーンから出た事がないのですが、カレウレルム高原ってどんな場所なのですか？」

興味津々といった顔で尋ねてくる雛菊に、クリムはウィンダムに向かう道中で駆け抜けた高原の様子を思い出しながら説明する。

カレウレルム高原……大陸中心にある山岳地帯へ向かう道中にあるその場所は、大陸東部と西部、それとこのエガルディン大陸を統べていた帝国の国教であるイァルハ教の総本山、大陸最高峰であるオラトリオ霊峰を経由し北部へと向かう三つの道で分かれている、交通の要所だ。その道中は険しい峠道と緩やかな丘陵地帯を繰り返す、高低差の激しい道なのだが……一方で、晴れている日は心地よい風がいつも吹いている、風光明媚《めいび》な牧草地帯が広がっている。

また、道中の山間部には小さな集落があり宿場町となっているほか、リュウノスケが言うには美味《おい》しい山羊《やぎ》のチーズなんかも購入できるらしい。

「……という訳で、いい場所だよ」

「へぇ、楽しみです！」

クリムの説明に目を輝かせ、「ピクニック、ピクニック」と楽しげに口ずさむ少女の姿に、クリムもふっと表情を緩める。

「でも、けっこう道中の傾斜はキツいよ、雛菊ちゃんは大丈夫？」

「大丈夫です、雛菊は山の子だから、どんとこいなのです！」

どうやら雛菊は、今はすっかり珍しくなったアウトドア派の子供らしい。自信満々に言う雛菊に、どうやら山登りなんて嫌だと言われる心配は無さそうだと安堵《あんど》する。

「はは……お弁当でも持ってくればよかったかな」

「ん？」

「あれ、もしかしてフレイヤ、ピクニックの準備してきた？」

「してきましたとも、お姉ちゃんに任せなさい」

ドヤァ、とランチボックスを掲げて得意げにするフレイヤだったが、しかしすぐにシュンと項垂《うなだ》れる。

「と言っても、出来合いのお弁当を見つけて買ってきただけなんだけどね。料理スキルは、時間が空いたら最優先で上げておくね」

「あはは……楽しみにしておくよ」

むん、と意気込みを見せるフレイヤに、ついついクリムも笑ってしまう。

「しかし、カレウレルム高原か……」

「ん、フレイ、何か心配ごと？」

和気藹々《わきあいあい》とした道中、一人難しい顔で考え込んでいたフレイの呟《つぶや》き。慎重な彼は基本的に情報を吟味してから口に出すため、このように難しい顔をしている時は要注意であると、長い付き合いから理解しているクリムは真剣な顔で話し掛ける。

「ああ、僕も隣のエリアまで足を伸ばす選択肢を考えて、ログアウトしている間に色々と調べていたのだけれども」

フレイは先頭を歩く雛菊に話を聞かれないようにするためか、クリムの隣へやってくると、声量を落として話す。

「なんでも、今のカレウレルム高原には悪質なプレイヤーキラーが徘徊《はいかい》しているらしくてね」

「あー……そういえばこのエヴァーグリーンではＰＫ行為は禁止になっているもんね」

「ああ、だからわざわざＰＫしたさに速攻で育成を進めて向こうに拠点を移しているような連中だ、相応に実力はあるだろうし油断はできないだろうな。それに……」

フレイはより一層眉間の皺《しわ》を深めて、いくつかネットからの拾い物らしきＳＮＳのまとめサイトで行われている会話を表示したウィンドウを眺めながら、難しい顔で語る。

「これは噂《うわさ》レベルの話でなんだが……どこかのギルドが先行探索の利益目的で、プレイヤーキラーを使って他のプレイヤーを封鎖している可能性もあるのではないのかって話も出ているんだ」

「……話がきな臭くなってきたね」

「実際、プレイヤーキラーたちが現在この辺りで生産できる最高レベルのプレイヤー生産品装備を持っているのを見たって報告も散見されるとなるとな」

「バックに、生産系ギルドがついている？」

「あまり信じたくはないけどな」

だがその話が真実ならば、相当に厄介だ。中にはそうした高品質の装備品を求めてＰＫ行為に手を染めている上級者たち、報酬目当ての傭兵《ようへい》交じりの集団が形成されているかもしれない。

「でも、私が昨日エヴァーグリーンに向かう時は、遭遇しなかったよ」

「それなんだけども、しばらくＰＫたちから普通のプレイヤーを助けていた人らがつい最近、ギルドに勧誘されて居なくなったらしくてね。それで余計に過激さを増しているらしい」

「そっか……気をつけないとね」

「ああ、僕らだけならともかく、あの子も居るからな」

そうして談笑しながら、昨日ＰｖＰを行った橋を渡り、エヴァーグリーンの終点へ。


――ところで、このゲームのマップは全てシームレスに繋《つな》がっている。ただしプレイヤー側の処理速度の問題や、多数のエネミーを故意になすりつけるＭＰＫ《モンスタープレイヤーキル》行為への対策として、情報の表示やエネミーＮＰＣの往来を制限する境界線が設けられているのだが、そこをプレイヤーが通過した際に暗転が起こるようになっており……プレイヤーたちは、それを過去のゲームの慣習に則《のっと》り「エリアチェンジ」と呼んでいる。


その、エリア切り替えのための境界部分。ほんの一瞬だけ視界が暗転し、周囲の風景がエヴァーグリーン丘陵からカレウレルム高原に切り替わった瞬間――ぞくりと寒気を覚え、クリムは咄嗟に武器を作り出す。

「……危ない！」

「ひゃっ⁉」

嫌な予感に突き動かされるまま、先を歩く雛菊と――エリアチェンジの死角に隠れその背後から忍び寄っていた人影……頭にバンダナを巻き、曲刀を携えた人間種族の男との間に割り込み、影の短剣で受け止める。

驚いた様子で両手剣を抱えている雛菊だったが……幸い彼女にはかすり傷一つ無かった。クリムは内心で、直前にプレイヤーキラーについてフレイと話をしていて良かったと、ほっと安堵する。そのおかげで咄嗟に動けたのだから。

だが……状況は、あまりよろしくはない。周囲を取り囲むようにプレイヤーの気配がするし、何より彼らはまさに先程フレイと共に危惧していた、エヴァーグリーンではなくその隣の高地カレウレルム高原を縄張りとしているプレイヤーキラー。それなりにスキルも装備も育っている者たちに違いないのだから。

「……チッ、気付かれたか」

「そういうあんたはプレイヤーキラーか。初心者用のＰＫ禁止エリアのすぐ隣のエリアで出待ちなんて、褒められた趣味じゃないね……っ！」

しかも、迷わず最も幼い雛菊を狙っていた。

これにはクリムも軽蔑の目で、襲ってきた相手を睨《にら》みつける。

——ちなみにこのゲームにおいて、ＰＫ行為によって装備アイテムを奪うことはできない。

あくまでも「ＰＫが可能である」というだけであり、それによって得られるものは精々が素材アイテムくらい、もっと先のレア素材がある場所でならばともかく、このような初心者エリアでは大した実入りもないであろう非推奨の行為だ。

それでもこのようにＰＫ行為に及ぶというのは……特に、こうしてエリア切り替えの瞬間、絶対的に自分が不意をつけるタイミングで仕掛けてくるような者は、純粋に人をいたぶって悦に入るのが趣味の愉快犯なことが多いのである。

更に、彼らは真っ先に、明らかにまだ幼い少女をあえて狙ったのだ。弁明の余地はない。

「おいおい、ＰＫだってゲームシステム的に許可されている、れっきとしたプレイスタイルじゃねーか、そうカリカリすんなよ」

「それは否定しないよ……でも、それと私が君みたいな奴《やつ》を軽蔑するのもまた別問題だね」

「てめえ……！」

「プレイスタイルの一つなんでしょ、そうカリカリしないでよ」

「……このクソ※※が、ぶち※※すぞ!!」

禁止用語混じりだったらしく、ノイズ塗《まみ》れの恫喝《どうかつ》。

青筋を浮かべ激昂《げきこう》する男が手を上げると、その背後から更に男の仲間と思《おぼ》しき者たちが姿を現す。その奥には――クロスボウを構えている者の姿も。

――げ、やっばい。


なるほど生産職がバックに居るという話、あながち間違いではないらしい。

まだほとんどプレイヤー間に出回っていないと言われている飛び道具の存在を認識したクリムが、即座に背後へと警告を飛ばす。

「フレイ、弓持ちをお願い！　フレイヤは遠距離攻撃からフレイを守って防御に徹して！」

「……！　わ、分かった！」

「気をつけてね、クリムちゃん！」

ヒュン、と風を切り裂いて飛来するクロスボウの矢をすんでのところで切り払いながら、自分たちに続いてエリア移動してきた背後の二人に指示を飛ばす。咄嗟に事情を理解してくれて態勢を整える二人に安堵しながら、ジリジリと距離を詰めてくるプレイヤーキラーたちへ集中する。

本当は遮蔽物に身を隠すべきなのだが、クリムたちの周囲は開けた草原であり、それもできない。当然、それは向こうも承知の上の配置だろう。チッ、と舌打ちする。

「あれが……プレイヤーキラーの方々……」

「雛菊ちゃんは、フレイヤの後ろに……」

横にチラッと目を向けると、俯《うつむ》き、震えている雛菊の痛々しい姿。

今は昼間。公正な条件が働くＰｖＰバトルフィールドと違って陽光下のペナルティは有効で、実のところクリムの能力は多少低下している。しかし、まだ子供である雛菊を悪意から守ろうと、その前に立つクリムだったが。

「プレイヤーキラーさんは……殺さなきゃ……」

「……え？」

なんだか、礼儀正しい少女に似つかわしくない言葉が背後から聴こえてきた気がした。

今まさにプレイヤーキラーたちに斬りかかろうと踏み出しかけたクリムが……本当に珍しいことに、このような状況にもかかわらず硬直する。

彼女は、逆にクリムの前に立つと、スラリと自身の得物である両手剣を抜き、構える。少女の構える両手剣は、怪しい光を放っているように見えた……というか、実際に『蒼炎』の効果で燃え上がる。

「お母様が、常々言っていたです……『ＰＫは殺しなさい、慈悲は不要。むしろ連中はなんの役にも立たないダニですから駆除しなければ』と」

「…………ひぇ」

蒼い焔《ほのお》を纏《まと》った剣を引《ひ》き摺《ず》り、ハイライトが消えた目で口の両端を吊《つ》り上《あ》げ笑っている少女に、クリムが思わず引《ひ》き攣《つ》った声を上げる。

――娘さんに、なんてこと教えているんですか！


クリム自身、プレイヤーキルという行為については毛嫌いしているものの、それはそれとして一つのプレイスタイルとして尊重してはいる。少女のように極端な思想には染まっていない。

あまりに物騒な英才教育に、見知らぬ少女の母親に内心で苦情を叫ぶクリムなのだった。

◇

「……『パラライザー』ッ！」

「いっ……たいねえこのクソ優男……！」

忌々しげに悪態を吐く、敵ＰＫ集団のクロスボウ使い。

フレイの魔法……ダメージと共に相手を痺《しび》れさせて行動を阻害する風の精霊魔法『パラライザー』が、後ろでクロスボウからボルトを放っていたエルフの女ＰＫの手を打ち据えて、再装填を阻害する。

「フレイはそのままそのエルフを！」

「ああ、任された！」

打てば響くタイミングの返事に、クリムはフレイを信じ、そのエルフを意識の外へと追いやった。

敵は、クリムの前に居る人間の男二人と、その背後からクロスボウを構えている、人造生命体ノームの女と、フレイが相手をしているエルフの女の二人。そして退路を断つように背後に陣取る竜人……ドラゴニュートの両手斧使《りょうておの》い。

問題は、フレイとフレイヤの傍《そば》にいるドラゴニュートだが……。

「ふふふ、お母様曰《いわ》く、プレイヤーキラーさん死すべし……です、ふふふ……っ！」

「な、なんだこいつは……!?」

蒼い焔を纏い、捨て身に近い勢いでドラゴニュートの男を苛烈に攻め立てる少女に、さしものプレイヤーキラーも面食らって押されていた。

――うん、わかるよ。だって怖いもん。

ハイライトの消えた金色の目を爛々《らんらん》と輝かせ、笑いながら斬りかかってくる幼女なんてホラーでしかない。こっそりドラゴニュートの男に同情しながらも、それじゃダメだと気を取り直す。

いくらベテランと初心者の間でステータスの差が出にくいと言われる完全スキル制の成長システムとはいえ、限度というものはある。

ステータスも経験もどちらも劣る今の雛菊では、相手のドラゴニュートが冷静さを取り戻してしまえば、まず勝ち目はないはずだ。

「雛菊は無理するな、後衛にそいつが行かないように抑えてくれるだけでいい！」

「わかりました、お姉さん！」

そう雛菊へ指示を飛ばしながら、クリムにはちゃんと返事を返してくれた少女に、心底安堵する。

だがクリムは陽光によるペナルティ下で敵前衛二人のプレイヤーキラーを同時に相手しなければならず、ホッとしている場合ではない。自分の担当へと集中し直す。


——戦闘開始から、だいたい五十秒。そろそろ打って出る……！


ぐっと身を沈めたクリムに、周囲の人間種の男二人が警戒して構えた……が、クリムの今の狙いはこいつらではない。

「……そこ、『ナイトカーテン』！」

クリムの攻撃を警戒して退いてしまった二人のプレイヤーキラーの様子を見て、ならばその隙にと完成させた魔法を、後衛でこちらへと弩《いしゆみ》を射掛けてくるノーム女性のＰＫへと放つ。

「う、うわ、なにこれ暗い⁉」

途端、パニックに陥るノームの女性。闇魔法『ナイトカーテン』、対象の視覚に作用して数秒視界を奪うその魔法を放つと同時に、クリムは手にした影の短剣を投げ放つ。

「きゃあ!?」

予想外に可愛《かわい》らしい悲鳴を上げるノーム女性ＰＫ。クリムの放った短剣はその肩に刺さっていたが……だが、それだけでライフを全損できるものではない。

ホッとした様子で自分の肩を見たノーム女性だったが……次の瞬間、その額に二投目のクリムの短剣が突き立って、断末魔の悲鳴すらあげられずに残光《リメインライト》となって消えていった。

「怯《ひる》むな！　魔法武器作成はリキャストが長ぇ、今の奴は丸腰だ！」

そう叫ぶ、戦斧《せんぶ》を携えた禿頭《とくとう》で大柄な人間の男。その判断は正しく、事実『シャドウ・ライトウェポン』のリキャストは六十秒も掛かる。先程製作したばかりの短剣を投げてしまった以上、まだしばらくは使えない。

だが……相手が動転してくれている間に、クリムはもう一つ、詠唱を完了していた。

「……『シャドウ・ヘヴィウェポン』……刀！」

影から引き抜くように取り出すは……一振りの日本刀。

「……バカな!?」

「あれ、超難しいクエストだって……！」

クリムが手にした刀を目にして、プレイヤーキラーたちの間に再度ざわりと動揺が広がる。

その隙は、逃さない。

クリムは陽光に縛られて重い体に喝を入れ、最も手近にいた人間種族のプレイヤーキラーへと、肩から体当たりするようにして突っ込む。

「がっ……」

呻《うめ》き声を上げるそのプレイヤーキラー。クリムは体当たりと同時に、逆手に持った刀で男の喉を突いていた。だが……。


――浅い！


喉を突かれ、それでも即死に至らずこちらへ斧を振り下ろそうとしているプレイヤーキラーの男。

咄嗟に横薙《よこな》ぎに切り替えて、あらためてその首を落とそうとした――その時だった。

「お姉さん‼」

雛菊の切迫した悲鳴。嫌な予感に駆られ、本能的な反射により体を捻った直後。

「ぐっ……⁉」

腹部に熱を感じ、思わず呻き声を漏らす。クリムのＨＰバーが、目に見えてぐっと縮む。

「て、めぇ……俺ごとッ！」

頭上から響く禿頭の男が発した怨嗟《えんさ》の声と同時に、クリムの周囲に男が死んだことを示す残光が舞い散る。その向こうには……嫌らしい笑みを浮かべてクリムの腹部へと剣を突き立てている人間種族のプレイヤーキラー、最初に不意打ちを仕掛けてきた、バンダナを頭に巻いたあの男の姿があった。

そこでようやく、クリムは目の前に残るバンダナのプレイヤーキラーに、今戦っていた禿頭の男ごと刺されたのだと気付く。

「お前、仲間を……！」

「あ？　こんなん駆け引きの一つだろ。こっちは汚くて卑怯《ひきょう》なＰＫ様だぜ？」

睨みつけるクリムに、嫌らしい薄ら笑いを浮かべながら悪びれもせず曰《のたま》うバンダナの男。

「それより良いもんだぜ、女をブッ刺す感触ってのはなァ⁉」

「ぐっ……このっ……気持ち悪いんだよ、ド変態……っ‼」

さらに剣を抉《えぐ》りながら腹に押し込み、追撃を掛けてくる男。さらに減るＨＰバーと、痛覚軽減機能越しでも少なからぬ痛みを発する腹部。それら諸々を耐えながら、クリムは男の胸を蹴飛ばして、その反動で後退し男の剣を腹から抜く。

「クリムちゃん⁉」

背後から上がるフレイヤの悲鳴と、回復魔法の光。ＨＰスリップダメージを起こしていた出血のデバフが消え、退いていく痛みの中で、これまで以上に厳しい目で眼前の男を睨みつける。

「ハッ、お前が居なければあとは雑魚だってのはもう割れてんだよ、引率は大変だなァ⁉」

「予想以上に下衆《げす》だね、あんたは……！」

「あいにくと、こっちはクズ共の集まりだからなァ！」

ニタニタと笑いながら、男がクリムの後方……エヴァーグリーン方面のエリアチェンジ付近に目線を送る。

「それに……どうやらツキは、こちらに味方してくれたみたいだぜェ」

「――きゃあ⁉」

「フレイヤ‼」

別方向から聞こえた少女の悲鳴に、バッとクリムが振り返る。そこには今まさにエヴァーグリーンのほうから駆け付けたらしい、背後から迫るＰＫ集団の仲間らしき者たち。その先頭を走ってきたナイフ使いらしき猫型のワービーストの少年が、フレイヤを引きずり倒そうとしているところだった。

「ヒーラーを抑えちまえば……！」

ワービーストの少年が逆手に構えた短剣が、振り下ろされる――その直前。

「――させません、なの！『読込《レーゼン》、一時停止《アンハルテン》』‼」

突如、フレイヤの眼前に空間の揺らぎみたいなものが飛び込んで来たかと思えば、滲《にじ》み出《で》るように灰色のマントをすっぽりと被《かぶ》った小柄な人影が現れる。

その人影は手にしていた短剣で防御姿勢を取っていたが……しかしワービーストの少年が振り下ろした短剣は人影より離れた場所で、まるで透明な壁でも殴ったかのように、甲高い金属音を上げて弾《はじ》かれた。

「防御障壁⁉」

「なんだ、今のどっから現れた⁉」

「ステルス迷彩……⁉」

騒然となるプレイヤーキラーの増援たち。一方でフレイヤを庇《かば》った外套《がいとう》の人影は、そのままフレイヤを背に庇うようにして後退してくる。

「君は……」

「話はあとなの、増援はこちらに任せて、皆さんはそちらに集中を！」

少し震えが残る、少女の声。先程その身を守っていた障壁は一回限りのものだったらしく、光の砕片となって消え去っていた。緊張気味にＰＫ集団と対峙《たいじ》する彼女はしかし何か策があるのか、クリムの方をちらっと見て、頷く。

心配ではあるが、ならばクリムは彼女を信じ、眼前でまだ余裕の表情で笑っているバンダナの男の方へと意識を戻す。

「なんだかよくわからねぇが……」

「女の子一人増えたところで何ができるのかなぁ？」

威圧するように、じりじりと距離を詰めてくるプレイヤーキラーたち。圧力に負けるようにして、背中にフレイヤを庇いながら後ずさる外套の少女。その様子を怯《おび》えているのだと受け取り、ことさら威圧的に距離を詰めていくプレイヤーキラーたちだったが……しかし。

「……シャオさん！」

「うん、ナイスタイミング、いい感じにまとめてくれたね」

外套の少女が崖上に声をかけると、そこから新たに少年の声が降ってくる。そこに居たのは、まだ子供のような背丈の、足首あたりまですっぽり覆う導師服姿をした黒髪の少年……ただし、その頭上には強力な魔法が発動する前兆である、巨大な魔法陣が瞬《また》いていた。

「それじゃぁ……ひとつ、ふたつ、みっつ」

すさまじい速さで外套の少女を取り囲んでいたプレイヤーキラーたちを順に指差して、カウントしていく崖上の少年。そのたびに、指で指し示されたプレイヤーキラーの胴体に、ターゲットマーカーらしき光が灯《とも》っていく。

「死ぬ気で逃げてみなよ……『マルチロッククレイ』！」

死刑宣告のように、冷たい声色で放たれた少年の宣言。

直後――天から降り注ぐ裁きの光のごとく、幾条もの閃光《せんこう》が降り注ぎ、ターゲットマーカーに慌てふためいていたプレイヤーキラーたちの増援を飲み込んで、そのほとんどを残光へと還《かえ》してしまった。

――なんて威力だ⁉

見たことのない魔法、そのプレイヤーを一撃で消し去る威力に、クリムも舌を巻く。果たして今あの少年がこちらもターゲットにした場合、この状況からの勝ち筋はまるで見えないが……だが幸いにも、そのような行動に移す様子は見られない。

「なんだあの魔法⁉」

「知らねぇよ、攻略サイト見てもあんなのまだどこにも……！」

一方で、大混乱に陥っているのは生き残りのプレイヤーキラーたちだ。勝ちを確信していたところでその盤上すべてを覆されたのだから、さもありなん。クリムですら彼らに同情を覚える。

「……あれぇ、全滅？　必中攻撃じゃないから、ちゃんと逃げれば助かるのになぁ」

崖上から自分の攻撃の成果を確認して、つまらなそうな声を上げる少年。彼は次にクリムへと視線を移すと、ニコッとあざとさすら感じられる少年っぽい笑顔で手を振ってくる。

「まぁいいか。それじゃあ、あとは頑張ってね、ポテトちゃん？」

「だから何なんだポテトちゃんって！」

おもわず苦情を言うクリムに笑ってみせて、少年が崖上から顔をひっこめた。どうやらこれ以上の手助けをしてくれるつもりはないらしい。

「はぁ……なんだかよくわからないけど、おかげで頭も冷えたし、シャオだっけ、感謝するよ……！」

混乱の坩堝《るつぼ》にある戦場の中で、いち早く動き出したクリムが、即座に一つの魔法を完成させる。

「『スレイヴチェイン』……ッ!!」

少年の魔法攻撃により浮足立っている生き残りのＰＫたち、その隙を逃すまいと、クリムが咄嗟に放った一つの魔法。

クリムの腹部から流れていた血が鎖となって、先ほど、少年の魔法にターゲットされていなかったおかげで生き残り、呆然《ぼうぜん》と固まっていたワービーストの少年へと絡みつく。

――血魔法『スレイヴチェイン』。血で編んだ鎖によって敵と自分をつなぎ、どちらかに強制移動させる魔法だ。

「な、なんだこれ……うわ!?」

今まさに我に返ったワービーストの少年が、少女へと向けて手にした短剣を振り下ろそうとした瞬間、クリムへと引き寄せられて宙を舞う。

迫ってくる少年へ向けてクリムが手にした刀を一閃《いっせん》すると、ピッと、ワービーストの少年の喉に赤い線が走る……が、これもわずかに浅い。

「背中がお留守だぜ、オラァ⁉」

「……は、何が？」

勝ち誇ったようなバンダナをした男の声。だがクリムは攻撃のミスなど気にした様子もなく、冷静に今斬ったワービーストの少年に絡みついた鎖を摑《つか》む。首を刈るのは簡単だが、それでは少年が残光に還ってしまい、このように摑むことは出来なかっただろう。

ゆえに、クリムはわざと手加減して生き残らせた少年を振り回し、背後から斬りかかってくる男へと力一杯に叩《たた》きつけた。

「うわっ⁉」

「なっ⁉」

慌てたような二つの声。もつれ合い、たたらを踏むその一塊になった二人へと向けて、手にした刀を刺突の形に構え直す。

「――お返しだよ、クソ野郎」

フレイヤが襲われたことで、クリムはすっかりとキレていたのだろう。自分でも驚くほど冷たい声と共に、もつれあった男たち、先程投げつけたワービーストの少年が無防備に晒している背中へと、刃を突き刺す。

「ぐ、はぁ……⁉」

今度こそ、背後から心臓を貫かれてライフが全損したワービーストの少年は残光へと還り、同様に胸を刺されたものの僅かに心臓は逸《そ》れたバンダナの男だけが、クリムの眼前に残る。

「てめぇ、攻撃ミスしたフリかよ……！」

「こんなの駆け引きの一つでしょ、格下相手に卑怯な戦いしかしてないからこの程度も対処できないんじゃない？」

形勢逆転。

血を払うように振った刀を構え直し、これまでの仕返しとばかりに嘲笑を浮かべて見下ろすクリムの視線を受け、バンダナの男はギリギリと歯を食い縛り、忌々しげに睨みつけていた。

また、それとほぼ同時刻。

「ちっ、いい加減おっ死《ち》にな優男ぉ‼」

「ぐっ……退場するのはお前だ、女！　『サンダーボルト』‼」

「がっ……バチバチ、バチバチと鬱陶しいねぇ⁉」

肩に新たなクロスボウのボルトを受けながらも、反撃の雷撃を放つフレイ。

泥臭い様相を呈してきたライフの削り合いの中、フレイヤのカバーリングや回復も追いついていないほどの攻撃を受けていながらも、フレイは淡々と攻撃を重ねていた。

「だけど効かないねぇ優男！　育っていない魔法使いの攻撃魔法なんざ、大した痛手には……」

いくら魔力が初心者としては高いとはいえ、まだ強力な魔法も無い、詠唱を挟む関係で連射も利かないフレイの火力では、一撃で攻め切れる威力は確保できない。

それをここまでの攻防で把握していた女エルフのＰＫは、落ち着いて鞄《かばん》から回復薬を取り出して、回復しようと口を付けた。だが……。

「いや……終わりだ」

「は？　あ……」

後衛の女エルフが見上げた先、そこから一直線に降ってくる火の球。それは中位の破壊魔法で習得する攻撃魔法『スターダスト』……その特徴は、発動から一定時間経過した後に強力な攻撃が降り注ぐ時間差攻撃。

「……っ、こんなもの、いくら威力が高くても着弾前に効果範囲外に逃げれば……」

「いや逃さない、『ソニックケイジ』……ッ!!」

「ヒッ……」

魔導書に詠唱保存し、即時発動できるようにしておいた精霊魔法『ソニックケイジ』……短時間だが対象を閉じ込めて、継続ダメージを与えるその魔法に囚《とら》われたエルフのＰＫが、その美貌を歪《ゆが》める。

「というわけさ。三点同時攻撃、耐え切れるかな？」

「た、助け……ちゃ、くれないよね」

ボロボロのまま、眼鏡の位置を直して女ＰＫを見下ろすフレイ。その目に一点の慈悲も無いことを認識した彼女は、その瞬間全てを諦めたように俯く。

それは……フレイの目が、プレイヤーキラーである女が殺さないでと懇願する初心者へと向けていた目と同じだったから。

「……アンタ、よく性格悪いって言われるんじゃない？」

「ああ、いつも言われるよ。不本意だけどね」

……その言葉を最後に、女エルフのＰＫは、フレイから放たれた雷撃に打たれ、轟音《ごうおん》と共に空から降り注いだ衝撃に押し潰され、光に還っていった。


そうして、もう一つの戦場が片付いたのを横目で確認したクリムが、最後に残ったバンダナの男に話しかける。

「……どうやら、もう援護してくれる後衛は居なくなったみたいだよ」

「くっ……く、くそ、この化け物が……やってられるか⁉」

穿《うが》たれた胸を押さえ、そう吐き捨てて一人逃げようとする人間種の男。しかし……。

「――何、逃げようとしてるですか？」

「……は、あ？」

抑揚に欠けた、幼い少女の声。

今まさにクリムの前から逃げようとした男の胸、心臓を今度こそ貫き通して飛び出す刃。その切っ先を見つめながら、男が呆然と呟く。その切っ先は……間違いなく、クリムが雛菊に与えた両手剣のもの。

――嘘、雛菊の戦っていたドラゴニュートは⁉

クリムが慌てて視線を巡らすと……居た、否、あった。

一つだけ、不自然に離れた場所にある残光。それは確かにさっきまで、雛菊がドラゴニュートのＰＫと戦っていた場所にあった。

――まさか、雛菊が自力で倒した……⁉

まだまだ初心者の雛菊だ、相手を一人抑え込んで、あとは生き残ってくれたらそれで僥倖《ぎょうこう》だとクリムは思っていた。だが……彼女はドラゴニュートのＰＫを抑え込むどころか、ステータスやスキル完成度の差をひっくり返して、勝った。

その事実を理解するにつれて驚愕の表情を浮かべるクリムだったが……雛菊は、男を貫いている蒼い炎を纏った剣を、両手で構え直し――。

「斬っていいのは、斬られる覚悟がある人だけ……そうお母様が言っていたです……ッ‼」

「バカな、こ、んな、ガキにぃぃいいぃぁああ⁉」

ザンッ、と心臓から頭へと、斬撃エフェクトの光が奔《はし》る。

歪み無く美しい、蒼く輝く上弦の月の軌跡を描いて振り切られる少女の刃。

轟《ごう》、と全身蒼い炎に包まれて、叫びながら絶命し、最後のＰＫの男は光となって消えていった。

こうして全てのＰＫが残光へと還った戦場は、シン……と静まり返っていた。

「やりました、お姉さん！」

そんな静まり返る戦場の中、響く少女の喜びの声。今までの冷徹な表情から一転、花が咲くような笑みを浮かべ、雛菊はクリムへと駆け寄ってくる。

「う、うん……戦っていた人は？」

「えへへ、やってやったです！」

嬉《うれ》しそうにＶサインを取り、はしゃぐ少女。

それだけならばただ愛らしい光景だが……。

――この子、筋がいいなんてものじゃない、才能の塊だ。

最初は抑えるだけが精一杯だった相手を、この短時間の実戦で単独撃破するほどまでに成長した剣の才。

——育ててみたい。間違いなくこの子は強くなる。


そんな渇望が、クリムの中に湧き上がる。

今はすっかりあどけない少女の顔で、クリムを見上げ、首を傾《かし》げる雛菊。

そんな少女に対し畏怖を覚えると同時に、心震えるものを感じるクリムなのだった。


「よし。それじゃあ状況も落ち着いたみたいだし、僕はそろそろウィンダムに帰りますね」

崖をぐるっと迂回《うかい》して、のんびりと降りてきたらしい少年が、すっかり決着がついた現状を確認して、エヴァーグリーン方面へと抜けていこうとする。

「あ……シャオさん、ここまで道案内ありがとうございました」

「気にしなくていいよ、帰るついでだったし、面白いものも見られたからね」

にこやかに外套の少女へ告げると、次に彼はクリムの方を見て語りかけてくる。

「ポテトちゃん……いや、クリムさんでしたっけ。あなた方とは、どこかの大舞台で会えるといいですね、それじゃあまた会いましょう」

「あ、ああ……援護ありがとう、勝てたのは君のおかげだ」

「いえいえ、お役に立てたならば良かったです」

そう言って一礼すると、何事もなかったように去っていく少年。てっきりプレイヤーキラーの大半を撃退した謝礼くらいは要求されるかもと思っていたクリムたちは、あまりの呆気《あっけ》なさに拍子抜けする。

「結局、何も請求されなかったな」

「君は……あの少年のパーティメンバーではないの？」

「あ、いえ……少し探し物があって……無理をして遠出したせいで迷っていたところを、あの人がここまで案内してくれただけで……」

所属ギルドとか、何が目的だとか、そういうのは一切言わなかったらしい。パーティやギルドへの勧誘等も、まったくしなかったと外套の少女が語る。

「えっと……ただの親切な人？」

「いや……どうかな」

フレイヤの言葉も尤《もっと》もだが……しかしクリムはどこか本能的なところで、あのシャオという少年を信じきることができなかった。人のよさそうな笑顔の仮面の裏に、何かが潜んでいるような気がしてならないのだ。

そうして沈黙が下りたところで……話に加われずにおろおろしていた外套姿の少女が、申し訳なさそうに挙手をして声を発する。

「ご、ごめんなさい、パパが呼んでいるから私もこれで失礼するの……！」

「あ……君も、助けてくれてありがとう！」

慌てて逃げようと踵《きびす》を返した外套の少女に、クリムが慌てて礼を述べる。すると少女は振り返ってペコリと頭を下げると、そそくさとエヴァーグリーンへエリアチェンジし消えてしまった。

「さて、いろいろあったけど……どこかスキル上げできそうな狩場を探しにいこうか！」

「あ、クリム、お前なんだか小さく……」

何かに気づいたフレイが制止しようとするも間に合わず。クリムは気分を切り替えて先へ進むよう皆に声をかけ、一歩歩み出……。

「……ふぎゃ!?」

……すことはできず、突如短くなった足が空を切ったことで失敗し、頭から地面へと突っ込む羽目となったのだった。

3　吸血衝動

――果たして、この不自由な拘束はいつまで続くのだろうか。

体のほとんどの動きを封じられたクリムは、すでに光も消えた目で、そんなことを考えていた。

ノーブルレッドであるクリムが本来の少女の姿を維持するには、日々摂取した血を消費していく必要がある。

ところが、クリムが最後にまともな量の血を摂取したのは、『最強の魔獣』との戦闘を終えた日、ジョージに分けてもらった時のみだが……それも十分とは言えず、腹五分目くらいしか摂取していなかった。

あとは、子供の姿になるギリギリのラインを超えない最低限の血を、トラウマにうなされながらもジョージやルドガーに頼んで舐《な》めさせてもらい、どうにか消費を抑えて今日まで過ごしてきていたのだ。

それを、先程の戦闘で一発とはいえ血魔法で消費してしまった。それがどういうことかというと、つまるところ……。

「えへへ……ちっちゃなクリムちゃん可愛いよー」

「……まだ満足しない？」

「……もうちょっと！」

……クリムは再び幼くなってしまい、上機嫌なフレイヤに捕まって愛《め》でられる羽目になっていたのだった。

流石《さすが》に全年齢対象のゲームでキャストオフは問題しかなく、下着類こそピッタリとフィットしたままだが……おそらく公式の悪ふざけなのだろう、衣類に関しては完全にブカブカになっていた。

それも込みの状態異常ということなのだろうけれども、より愛らしくなってしまった姿がフレイヤの琴線に触れたらしく、先ほどからずっとこの調子なのだった。

「あの、フレイも雛菊ちゃんも狩りを始めちゃっているんだけど、フレイヤはいいの？」

「ん……あとちょっと、あとちょっとだけやる気充填させて！」

そう言ってクリムの豊かな白髪に顔を埋めるフレイヤに、いったいなんの充填だよと考えていると。

「……ごめんね、さっきは足引っ張っちゃった。フレイも雛菊ちゃんも頑張ってたのに」

背中に震える感触が伝わってくる。

普段のんびりしているフレイヤだったが、今回は少々応えたらしい。

「別に、いつものことだよ。今までも、たぶんこれからもずっと」

「あ、ひどーい」

プリプリと怒ったように言うフレイヤだったが、「そのようなことで嫌いになったりはしない」

という隠れたメッセージはきちんと届いたらしい。どうやら元気にはなったようだとクリムは内心安堵する。

「……よし！」

「ん？　フレイヤ、そんな気合い入れてどうしたの？」

「クリムちゃん……ちょっと付き合って！」

「わ、ちょ、ちょっと……！」

有無を言わさず手を引かれ……いや、むしろ抱き抱えられるようにして、クリムはフレイヤに攫《さら》われていくのだった。


そうして連れてこられたのは、フレイたちが修業している場所からは見えない高台。

「よし、ここまで離れたら、雛菊ちゃんからは見えないかな！」

「あの、フレイヤ、いったい何を……」

戸惑うクリムに……背中を向けて何かしていたフレイヤが、クリムのほうを振り返る。

「あのね紅《こう》くん……私の血を、吸ってくれない？」

「ぶっ⁉」

振り向いたフレイヤは……ローブの上のボタンを外し、鎖骨あたりまで露わになった格好をしていた。艶《なまめ》かしい首から肩、胸元に至るラインが眼前に晒されていることに……クリムの喉がゴクリと鳴る。

「な、なな、聖《ひじり》、何を……⁉」

「だって、そのままだと私たちの面倒も見られないでしょ？」

「それは、まぁ……でも」

「それにね、紅くん。君が昔のことを気に病んでいるのは理解しているつもりだよ？」

「それは……」

昔、衝動的に噛《か》みついてしまった少女……現実世界の聖の首には、紅が噛み破った傷痕が残っている。

彼女は、それでも紅のことを受け入れて、優しく許してくれた。

小学校の時は、嗜血症《しけつしょう》のことでからかわれがちだった紅を守ってくれたのも、彼女だった。

だがそれでも、少女の肌に醜い傷痕をつけた自分のことが、紅は誰よりも許せなかった。

「だけど、それは私が辛《つら》いの。私はもう気にしていないのに、私の傷痕を見るたびに、紅くんが気に病んで悲しそうに目を逸らすのは、辛いよ……」

そう言って、彼女は今の『フレイヤ』のアバターにはない、傷痕の場所を押さえる。

「だから、お願い紅くん、逃げないで。私はもう気にしていないから、気にしていない私を無視しないで？」

「聖……俺は……」

懇願するような聖の言葉に、紅は緊張に震える手を伸ばす。

――実のところ、もう限界だったのだ。

嗜好《しこう》などお構いなく、聖の……フレイヤのその白い首筋と、その下に走る血管を見た時から、ここがゲームの中だとは信じ難《がた》いほどの耐えがたい飢餓感に苛《さいな》まれていたのだから。

「でっ……」

もう無理だ、我慢なんてできるわけがない。

フレイヤの細い肩を掴み、そのむき出しの首筋へと鼻先を寄せる。

「できるだけ、優しくするから……っ！」

緊張に、思わず上擦った声が出た。

「うん……お願いします」

そう、恥ずかしそうに笑うフレイヤの柔らかい肌に、クリムはゆっくりとその小さな牙を沈めるのだった――……。

◇

「その……痛くない？」

「大丈夫だよ、痛くない。でもちょっとクラクラするかな？」

「……ごめん」

「いいよ、許してあげる」

草原に寝転んでいるフレイヤの胸元を枕にするように、彼女へと覆い被さるように寝転んだ、元の姿へと戻ったクリムが、おそるおそる問いかける。

だが、そんなクリムの恐怖心を和らげるように、その長い白髪を優しく梳《す》くフレイヤの細い指の感触と優しい声。

「それよりむしろ……その、なんていうか、凄《すご》かった……」

「その……凄く、美味しかったです、ご馳走様でした……」

起き上がり、フレイヤは噛まれた首を押さえ、クリムは口を手で覆い、お互い林檎《りんご》のように真っ赤になって朽ち木に並んで腰掛ける。

「な、なんだか恥ずかしいね！」

「そ、そうだね！」

特に、クリムはいっぱい甘えてしまったのが、今更ながら死にたくなるほど恥ずかしい。

同級生ではあるが、聖が四月生まれなのに対して紅は翌年三月の早生まれ。ほぼ一年の生まれの差があるクリムはいつも弟みたいな扱いだったとはいえ……ここまであからさまに甘えたのなど、中学三年間に一度も無かったのだから。

「どうかな、もう大丈夫そう？」

すっかり頭の位置が現実世界と逆転してしまったクリムの頭を、優しく胸にかき抱《いだ》きながら、フレイヤがそんな問いを掛ける。それに、クリムは少し考えて、正直に答えた。

「……多分、無理だと思う」

「そう……」

少なくとも、肉類などを口にしよう、という気にはなれないし、おそらく他の者の血を口にしたら、パニックを起こしたうえで吐くだろう。心因性の偏食は根が深く、克服には至っていないのが分かる。ただ……。

「無理だと思うんだけど……フレイヤのなら、また、吸いたい……」

「……そっか」

目も合わせられず、甘えるようにその首筋に鼻先を埋めながら、絞り出すように口から漏れた、蚊の鳴くような声。

だが、そんな声も、隣に座っている幼なじみの少女は正確に拾ってしまったらしい。

「えへへー、そっかー、私のなら良いんだ、紅くんはー」

「あ、あんまり人に言うなよ、こんなことを俺が言ったって」

「うんうん、分かってるよー」

何故か嬉しそうに、にへら……と笑うフレイヤ。

それを見たクリムは……もう一回だけ、まだ赤い二つの噛み跡が残るその首へ、誘惑に負けて吸い付く。

「……何をやっているんだ、お前らは」

呆《あき》れたような声が、不意に背後から掛けられる。

その声に、「あはは、くすぐったいよー」と笑っているフレイヤの首元に顔を埋めて、夢中で噛み跡から滲む血を啄《ついば》んでいたクリムが、パッと凄《すさ》まじい勢いでフレイヤから離れた。

「ちょ、フレイなんで⁉」

「そりゃお前、姿が突然見えなくなったら探すだろ」

「ふふ、見つかっちゃったから、今日はもうおしまい、ね？」

そう言って、はだけていた法衣《ほうえ》の首元までボタンを掛け、衣服を元どおりに整え直すフレイヤ。

それにクリムは内心で、あぁ……、と情けない声を上げて名残惜しむ。

「はぁ……まあでも雛菊に見られてないだけ……」

「ん？　いや、居るぞ？」

「え」

クリムが安堵しかけた瞬間……フレイのそんな無情な言葉と、その背からピョコンと顔を出す、顔を真っ赤にした少女。

慕ってくれている幼い子供になんてところを……と、さあっと蒼ざめるクリムをよそに、雛菊は真っ赤になった顔に手を当てて、恥ずかしそうに身をくねらせていた。

「はわ、二人とも大人です……これがお母様の言う『あいびき』というやつなのですね……」

「違う、たぶん雛菊が想像しているようなことはしてない！　というかできないから⁉」

雛菊の勘違いを、必死に訂正するクリム。

この『Ｄｅｓｔｉｎｙ　Ｕｎｃｈａｉｎ　Ｏｎｌｉｎｅ』はあくまで全年齢対象のオンラインゲームであり、一部成人向けＶＲゲームにある『そういうこと』を許可する倫理解除コードなどは無いのである。

というか雛菊のお母さんは本当に、幼い娘に何を教えているのだと、内心で叫ぶクリムなのだった。

「まあ良かったじゃないか、あの可愛らしい姿からも戻……」

そこでフレイは一度言葉を切り、まじまじとクリムを眺める。

「……なんだよ」

「戻れていないな。どっちにしろ可愛いぞ、クリム？」

「ぃやかましいわ⁉」

ははは、と笑っているフレイに、クリムはいつも通り、そう噛みつくのだった。

そんな一悶着《ひともんちゃく》があったものの、ようやく皆揃って魔物をひたすら狩り続けてスキル上げに励み、早数時間。

午後のティータイムとばかりに、風がよく通る高台に風呂敷《ふろしき》を広げ、フレイヤが用意してきていたランチボックスや、お茶とお菓子で休憩する中……クリムはＰＫ戦からずっと考えていたことを、雛菊へと打ち明ける。

「……ギルド、ですか？」

雛菊が、温かいお茶の入ったカップを両手で包み込むように持ちながら、首を傾げる。

そう、これは……少女に対しての、クリムが自分で立ち上げようとしている新しいギルドへの勧誘だった。

「うん。雛菊ちゃんが、もし希望するならだけど……一緒にどうかなって」

「んー、つまり、お師匠様になってくれますですか？」

「正直、お師匠というだけのことができるかは分からないけど……私が知ることであれば、なんでも教えてあげるよ」

「分かりました、私で良ければ喜んで入りますです！」

もふもふとボリュームのある尻尾をわさわさと振って、喜びを体で表現しながら快諾する雛菊。

その姿を……ひとまずＰＫ相手の時の様子を記憶の奥底へと封印し……ほっこりと眺める一行であった。

「さて、そうなるとあと一人だがどうする？」

「街で募集をかけるです？」

「いや……やめたほうが良いな。今見たら掲示板にクリムの専用スレが立っていた、多分お前がギルドを立ち上げるって言ったら殺到するぞ？」

「え、何それ怖い。というか私の専用スレって何⁉」

「良かったな、大人気だぞ、『ポテトちゃん』？」

「だからそのポテトって何ぃ⁉」

からかうフレイに、全力で突っ込みを入れすぎて息切れをしているクリム。


——意地でも見ないからな、その掲示板は。


絶対に、精神衛生上良くなさそうだという予感がして、そう決心したのだった。

「でも、街で募集は却下だね……」

「ああ、間違いなくロクでもないのが混じるからな、直結厨とか」

「うげぇ……」

クリムらはゲームにて恋愛相手を探し求めているわけではないし、何よりも雛菊のような年下の少女も居るのだから、可能な限りそうした類のプレイヤーとの関わりは避けるべきだろう。

「ねえクリムちゃん。昨日の、あのリュウノスケって人はどうなの？」

「あ……そうだね、聞いてみよう」

確かにリュウノスケは良い人に思えたし、もしギルドに所属していなければ話を聞いてくれるかもしれない。善は急げ、フレンドリストからリュウノスケ宛てのメッセージウィンドウを開く。


『ごめんリュウノスケ、今って大丈夫かな？』

……そう送信して、数十秒後。


『お、クリムか。今は人を待っているところだが約束の時間にはまだ時間があるし、のんびり絵描いているところだから大丈夫だぞ』

『……絵？』

『っと、気にすんな。それで、用事ってなんだ？』

どうやら大丈夫らしい。固唾《かたず》を飲んで見守っている皆に頷いて、改めて用件を切り出す。

『その……リュウノスケって、まだどこのギルドにも所属していなかったよね？』

『ああ、まぁな』

『私たち、ギルドを作ろうとして、メンバーも四人まで集まったんだけど……』

ここで一度、すぅ、はぁと深呼吸をして、続きのメッセージを送信する。

『……私たちのギルドに、リュウノスケも入ってくれませんか⁉』

言った。だが今回は、さすがに今までのようにすぐに返事が来ない。

ギュッと手を握り、返信を待つ。すると……。

『ま、正直に言えば君から勧誘は来ると思っていたし、来たら入ってやるつもりでいたしな……分かった、いいぞ』

『本当⁉』

『ああ。だが、オレの戦闘力は皆無だ。ギルド対抗戦とかに駆り出されても、オレじゃはっきり言って足手纏いになるのは、君も理解しているよな？』

それは、その通りだ。

クリムは以前一緒に旅をした際にリュウノスケの構成を聞いているが、お世辞にも戦闘向きとは言い難い趣味的な構成をしていた。

『だから……ついでに、すこし前にこのゲームを始めたオレの娘も一緒に入れてやってくれ、それが条件だ』

『それはもちろん、こちら側としても願ってもないけど……なんで娘？』

『そりゃお前……変なギルドに入りでもして、オフ会だなんだとなって変な野郎なんかに引っかかったら困るだろうが！　うちの子が可愛いからってその辺の年中盛った直結野郎なんかに目付けられたらたまったもんじゃねえ！　その点、君ならオレも人となりは知っているし、安心して預けられる!!』

凄い早く長文の返信が来て、少しビビるクリムだった。

『……親バカ』

『なんとでも言え、娘のためならその程度の謗《そし》り、オレぁいくらでも受けてやるぞ！　父親ってのはそういうもんだ!!』

『分かった、分かったよ！』

この話題にはこれ以上触れないようにしよう……そう決心し、話を切り上げるのだった。


――疲れた。


よもや、リュウノスケ相手にこれほど疲れる事態になるなどと思っていなかった。

「……で、クリムちゃん、どうだったの？」

「うん、入ってくれるって。ただし娘さんも一緒が条件だってさ。雛菊と同年代って言っていたから、きっと友達になれるよ……」

「本当ですか、楽しみです！」

「なんだ、都合良いじゃないか。なんでお前はそんな疲れているんだ？」

「うん、ちょっとね……」

フレイの質問に、クリムは曖昧に笑って誤魔化す。

知人の新たな一面を知って、ぐったりと疲労を感じるクリムなのだった。

4　暗躍する者たち

――同時刻、『高地カレウレルム高原』の山中、奥まった場所にある、元々は旧帝国の砦《とりで》であったという打ち捨てられた廃砦。

現在はとあるプレイヤーに修繕され、ギルドハウスの一つとして利用されているはずのそこに……今はなぜか、プレイヤーキラーを示すレッドネームの者たちがたむろして、あちこちに座り込み休息をとっていた。

普通のプレイヤーであれば近寄らないであろう、そんなギスギスとした砦の庭で。

「――クソがぁ!!」

荒れ果てた様子で、あたりのものを手当たり次第に蹴り飛ばしているバンダナの男……クリムたちへの襲撃を主導していたプレイヤーキラー達《たち》のリーダー格である男へと近寄っていく、商人姿をした優男風の男がいた。

狐耳と尻尾を持つ、ワービースト族の男性だ。吊り気味の糸目が、更にそのイメージを強くしている、そんな男だった。

彼の名は、『銀刻《かねとき》』。しかし読みづらいということで、知り合いは皆『ギンさん』と呼んでいることが多く、彼自身それで良いと認めている。

そして……彼はいくつかのVRMMOにおいてデータベースを制作している管理人であり、この『Destiny Unchain Online』も例外ではない。

更にはその情報を武器に有力な各種生産職の職人をまとめ、最大手商業ギルド『東海商事』を立ち上げたギルドマスターとして有名な人物だった。

「おやおやぁ、随分と荒れていますね？」

「……ああ、あんたか、ギンの旦那」

狐のような吊り目を細め、どこか愉快そうに声を掛ける銀刻に、バンダナの男が意外にも普通に対応する。

「話は聞いていますよ、こっぴどくやられたそうですねぇ。それで、相手はどこのどなたです、まさか北に遠征に出た彼ら……『北の氷河』が戻ってきたわけではないでしょう？」

「……ちがう、あいつらじゃねぇ。あのトカゲ野郎《ドラゴニュート》と人形女《ノーム》の二人組でも、ましてや最強厨の厨二《ちゅうに》野郎でもねぇ」

　そう前置きして、忌々しげに語るバンダナの男。その話を聞き進めるにつれて、銀刻の狐目っぽい眦《まなじり》が、徐々に上がっていく。

「白い髪の少女？」

「ああ、ちょい遠出しようとした初心者集団だと思ったが、妙に戦い慣れてやがる。その中でも、赤い外套を着た白い髪の小娘が、やたら手強《てごわ》くてな」

　その話に彼が興味を持ったのを察し、先ほどの出来事について詳細な報告をするバンダナの男。

その話を聞くにつれて、銀刻の表情からは常に張り付いていた薄ら笑いが消えて、真剣な表情になっていく。

「……なるほど合点《がてん》がいきました。その子は今ウィンダムで噂になっている、通称『ポテトちゃん』ですね」

「ポテト……なんだそりゃ？」

「あなた方はずっと街を離れて活動していたので、知らないのも無理はありませんが……その少女、配下に欲しいですね」

「あン？　そんな価値のあるやつなのか、あの雌ガキ」

「ええ。もうじき開催予定のギルドランク決定戦、その優勝候補と呼ばれている『北の氷河』のギルドマスターと互角にやり合えた逸材です、是非とも戦力に加えたいですねぇ」

「ふーン、強えっちゃあ強えが、そんな大した腕前じゃあなかったけどな」

彼が言う『北の氷河』団長とは、飛び抜けたプレイヤースキルによりこのゲームの現時点での最強と目されている人物で……一度、遠目からその戦闘を見た男にすれば、一種の災厄のような物に見えた。

白い少女は確かに強かったが、あれと互角に戦ったとはにわかに信じがたいと、バンダナの男が首を傾げるも……すぐに気を取り直して、実務的な話へと戻す。

「それで、俺はどうすればいい？」

「そうですねぇ……彼女はどうやらギルド結成後、どこかの町へと移動する予定らしいとの報告が届いています、君はその追跡を。それがもし、何か彼女たちの弱味となるようなものであれば、そこを押さえましょうか」

「オーケー、旦那に連絡すれば、お抱えの傭兵たちを救援にくれるんだな。あのアマをキャンと言わせられるなら俺は何だっていい、その後は好きにしな」

「ええ、ではそのように」

やる気十分と拳を自らの掌《てのひら》に打ち付けながら答えるバンダナの男に、銀刻も満足そうにうなずいて見せる。

「しっかしまあ……表では善良な商業ギルドのフリをして、裏では随分と悪どい真似《まね》をしてますね、ギンの旦那ぁ？」

「ふふふ……切った張ったばかりの人には分かりませんでしょうが、ＭＭＯでその世界を実質支配するのは、最初に経済を握った者なのですよ」

「そのためなら、プレイヤーキラーを利用するのも辞さねぇと。おぉ怖ぇ怖ぇ」

「ええ、その通りです。多少後ろ暗い手を使ってでも、私はこの世界の流通を支配しますよ」

◇

「……なんて話を、いまごろ彼らはアジトの中でしているんでしょうね、きっと」

「こんな場所まで来ていたのですか、シャオ様」

狐目の男とバンダナの男が密会している砦、その周囲の切り立つ崖の上。

崖に腰掛けて足をぶらつかせ、弓矢で射かけるのもままならないほど下方にある砦を見下ろしながら愉快そうに笑っている少年に、その背後から現れた魔法使いのローブ姿をした人物が声を掛ける。

「準備は整いました、いつでも彼らに仕掛けられる準備はできています」

「うん、ありがとう。でも状況が大きく変わってね、まだ仕掛けるには数日早いかな」

「では、他の者たちには……」

「皆はそのまま潜伏していて。僕が連絡するまでの間はバレなければ好きにしていてもいいけれど、くれぐれも軽挙妄動は慎むようにね」

「はっ……それで、シャオ様は何処《どこ》に？」

ひょい、と立ち上がったシャオと呼ばれた少年に、伝令役の男が慌てて声を掛ける。

「ちょっと北へ告げ口にね。今ならまだ、僕一人なら追いつけるから」

「は……はい？」

シャオと呼ばれた少年は、呆気に取られている男に振り返ると、自分のこめかみあたりを人差し指で指しながら、満面の笑顔で曰う。

「大丈夫、この件についてのだいたいの道筋は、すでに僕の頭の中にある」

弾んだ調子で、にこやかに。

「この辺りを荒らすプレイヤーキラーたちのバックにいた彼、現状での最大手生産系ギルド『東海商事』ギルドマスターの銀刻さんだったよね。現時点で最大の生産力を有するあのギルドは是非とも同盟相手にしておきたいからね……だから僕が貰《もら》うよ、それはもう決定事項だから」

そう、宣言したのだった。

5　ギルド『ルアシェイア』結成

――雛菊とリュウノスケを勧誘してから、三日後の朝。

話し合いの結果、皆の予定が一致したこの日……クリムたちは、リュウノスケとの待ち合わせ場所である『始まりの街ウィンダム』の南区、行政区画にあるギルド会館へと来ていた。

どこか現実世界の役所を彷彿《ほうふつ》とさせる窓口が並び、各種手続きを行いにきたプレイヤーのほか、職員であるノーム族のＮＰＣたちがあちこちを歩き回る、広々としたロビーの一角。

「よ、久しぶり……ってほどでもないか」

「お待たせリュウノスケ、先に来てたんだ」

ギルド登録受付の前で待っていたリュウノスケが手を振っているのが見えて、そちらへと駆け寄る。

「いやはや、お前さんらは見つけやすくて助かるな、特にクリム」

「あはは、こんな色だもんね……」

クリムが、自分の長い髪をひと掬《すく》い指で弄びながら苦笑する。この数日の間、プレイヤー人口の多い始まりの街周辺をあちこち回ったというのに、結局ほかに同じような白色の髪をしている者は居なかったのだ。嫌でも自分が珍しい、目立つ色彩をしていることがよく分かる。

「それで……そちらが娘さん？」

そう、リュウノスケの背中に隠れている少女に視線を送り、そこでクリムはハッと目を見張る。

「君は、プレイヤーキラーに襲われているときに助けてくれた……」

「あ……あの時はろくに挨拶もしなくてごめんなさい、なの」

リュウノスケの後ろからクリムの様子を窺《うかが》っていた、彼の娘。それは数日前にカレウレルム高原にてクリムたちに加勢してくれた、外套姿の少女だった。

「ん、なんだ、お前たち知り合いだったのか」

「というか、恩人かな。少し前に危ないところを助けてくれたんだ」

「い、いえ、そんな……」

クリムの言葉に、リュウノスケの後ろに隠れて恥ずかしそうに縮こまる少女。そんな様子に、リュウノスケが苦笑しながら謝ってくる。

「すまんな、オレが在宅勤務だからすっかりお父さんっ子に育ったんだが、おかげでちょいと人見知りになっちまってな。ほら、挨拶しな」

そうリュウノスケに促され、外套のフードを取り払って出てきた顔は……。

「あ、ノーム族の子かな？」

クリムは少し屈《かが》んで少女と目線を合わせながら、語りかける。

年齢は、クリムより少し下、おそらく小学生の高学年から中学生と、雛菊とほぼ同じくらいだろう。

肩のあたりまである、やや無機物感のある黒髪と、曇りひとつない最新・最高品質の人工皮膚のような白い肌。

内部にカメラの絞りのような機構を備え、細かな光の線が時折走る独特の虹彩《こうさい》が入った瞳は、人造生命体であるノーム族の特徴そのもの。

だが、関節部などがクリムの知るノーム族よりも機械的なものになっている。それに加えて耳元のヘッドセット型のパーツや、頭に髪飾りのように装着している、内部で虹色のレコードのような物が回転している機械状のパーツ、ガントレットのように見える金属の手《マニピュレーター》など、よりメカメカしく、戦闘的な意匠が追加されている。

「ああ、その中でも『融機種《ノーマ・マキナ》』とかいうレア種族らしくてな。君らのとこなら悪目立ちもしないだろうってことで、よろしく頼む」

「はは……何故か、そういう種族で揃ってしまいましたもんね……」

クリムの『ノーブルレッド』を筆頭に、二人の『ハイエルフ』と『銀狐族』、それに彼女『融機種』。リュウノスケ以外全員が希少種族だという事実に、感動さえ覚えていた。

「おかげで、皆で街を歩くと大変なのよねー」

ここまで来る間の大量の視線を思い出し、苦笑し合うクリムとフレイヤ。一方で……。

「お前たちはまだ好意的な視線の分マシだろう。僕なんか殺意混じりの視線を感じるんだぞ」

深々と溜息《ためいき》を吐くのは、四人の中で唯一の男性キャラクターであり、嫉妬を一身に集め続けたフレイだ。これに関しては、もうドンマイとしか言えないクリムなのだった。

「っと、それはさておき。ギルドマスター予定のクリムです。そんな訳だから、今後よろしくね？」

握手を求め、クリムが手を差し出す。

「あ、あの……」

すると彼女はリュウノスケの背後から出てきて、おそるおそるといった様子で、動かすとキュイ、と微かなモーター音がする機械部分が剝《む》き出《だ》しとなっている手でクリムの手を握る。

その様子は、ものすごく警戒心が強いがこちらには興味があり、チラチラと様子を窺っている猫のような雰囲気があった。

「リコリス、です。よろしくお願いします……クリムお姉ちゃん」

そう言って、儚《はかな》げな様子でふっとはにかむ彼女……リコリス。

——うん、かわいい！

庇護欲がオーバーロードしそうになり、思わず真顔になって、そう思うクリムなのだった。

そして……リュウノスケがあれだけ親馬鹿だった理由も、心底理解したのだった。

◇

自己紹介も終わり、同年代ということで早速リコリスに話しかけている雛菊と、そんな彼女に戸惑いつつも満更でもなさそうに受け答えしているリコリス。

その様子に、ひとまず雛菊に任せておいて大丈夫そうだと安堵しながら、早速ギルド設立申請フォームにテキパキと入力していく。だが、その最後に。

『それでは、ギルド名の登録をお願いします』

事務的な案内の言葉と共に、皆の前に一件の入力欄が出現する。

「……あ」

だが……誰も動かない。

クリムが「うっかりしていた」と言わんばかりの呆けた声を上げたきり、行動に移る者は居なかった。

「……おいクリム、まさかお前」

「……はい。ギルドの名前、考えていませんでした」

ジト目を向けてくるフレイから、そっと目を逸らして顔を背けるクリム。だがすぐには名前が思いつかず、慌て始める。

「ど、どうしよう皆⁉」

「どうしようって、僕はてっきりお前が決めているもんとばかり！」

「わ、私も！　何も考えてなかったよー⁉」

「右に同じくです！　こういう時ってどう決めるものなのでしょう⁉」

「……はぁ。オレはここで出しゃばるつもりは無いからな、若い連中で考えな」

肝心なことを忘れていて慌てる一行と、呆れたように苦笑しているリュウノスケに、オロオロと視線を彷徨《さまよ》わせているリコリス。

「と、とりあえず思いついた名前出してみよう、紅の騎士団《スカーレットナイツ》とか」

「え、えっと、こ、黒夜ノ煌星《こうせい》！」

「神速流星英雄《スピードスターヒーロー》！」

「漆黒の創世《シュヴァルツジェネシス》！」

「闇炎の十字架《ダークフレームクロス》！」

「無名闇十字軍《ネームレスダーククルセイダーズ》！」

「ねぇ二人とも、その名前ほんとうにカッコいいと思っているのかな？」

「……ないな」

「そうだね……」

焦ってだんだんおかしな方向に向かい始めたクリムとフレイの名前出しに、呆れたようにフレイヤがストップを掛ける。止められてようやく冷静になったクリムとフレイは、ひとまずこれまで挙がっていた名前をボツとして、さてどうしようかなと唸《うな》り始める。

「あー、ギルドマスターのお前が吸血鬼みたいなものなんだから、それにちなんだ名前でも入れておいたらどうだ、例えば月関連とか」

「うん、でも安直にならないかな……」

「あ、あの……」

おずおずと挙げられた手。それは、今まで発言しようか迷っていたリコリスのもの。

それに、皆静まり返って彼女へと注目する。

「なら、『ルアシェイア』……ポルトガル語で『満月』……どうでしょう？」

ドキリとした。彼女は知らないはずなのに、満月……紅の苗字《みようじ》と全く一致したのだから。だが、クリムにもよく分からないけれど、何か惹《ひ》かれるものがある。

「分かった、それ採用で。皆もそれで構わないかな？」

クリムの問いに、全員が頷いたのを見届けて、皆の代表としてクリムが欄へと入力する。

『では、ギルド名【ルアシェイア】で登録します』

システム管理ＡＩがそう告げると同時に、視界の端に流れる『ギルド【ルアシェイア】が結成されました』というメッセージと、新たに追加されたギルド管理画面。

まだまだ空白の多い、できたばかりのその画面だが……そこに並んだ六つの名前が嬉しくて、皆、顔を合わせて笑い合うのだった。

【『エリアマスター登録システム』が解禁されました】
【動画配信機能が有効になりました】

6　空白の画架

――ギルドを結成してから、早数日。

三日ほどの期間は、『泉霧郷《せんむきょう》ネーブル』へと向かうための実力をつけるため、皆のスキル上げに費やした。

その後、リュウノスケはすでにネーブルへと向かうトランスポーターが解放されているのもあって、現実世界での仕事と、拠点を移すための準備やフレンドへの挨拶回りがあるからと別行動することになった。

彼とは一旦別れ、『始まりの街ウィンダム』を発《た》ったクリムたちは、その日のうちに竜骨の砂漠のオアシスにある宿場町までやってきていた。


すでに現実世界の時間では深夜。

雛菊がだいぶ眠そうにしていたこともあり、このまま宿場町で一泊して解散することとなった。

そうして宿場町で一泊する際に、皆が次々と休むためにログアウトしていく中……クリムの部屋へと訪れたリコリスに『自分のマップにずっと変な光点がある』と相談され、二人は夜の砂漠へと繰り出していた。

「満月で良かったね」

「はい……月明かりがすごく綺麗なの」

二人揃って、月光により遮る物の存在しない砂漠が照らされて浮かび上がる幻想的な光景に、感嘆の息を吐く。

広い砂漠の中だ、人工的な照明があるはずもなく、陽が完全に沈んだ今はもう明かりは無い。

しかし二人とも種族の特性からデフォルトで暗視能力を備えているし……何よりも、天には煌々《こうこう》と月が輝いているので、視界には特に問題は無い。

夜の冷えた空気の中を、二人は白い息を吐きながら、しばらく黙々と歩いたところで。

「それで、リコリスのマップに変な光点があるっていうのは、こっちのほう？」

「は、はい……このまま、真っ直《まっす》ぐに進むと……」

マップを確認しながら先導するリコリスに付き従い、二人、更に砂漠をひた歩く。


――以前、クリムがダウンしたこの砂漠地帯……通称『龍骨の砂漠』。


別に、本当に龍の骨が転がっているわけではない。

そこにあるのは、帝国が成立する以前の暗黒時代、この一帯が砂漠化するほどの激戦があった痕跡……砂漠を何キロにもわたり横切っている、巨大なマスドライバーの残骸だ。

「凄い光景だね……」

「はい……」

歩きながら、巨大な生物の骨に見えなくもないマスドライバーの残骸を見上げ呟いたクリムの言葉に、相槌《あいづち》を打つリコリスだったが……その様子は、どう見ても上の空という感じだった。

「それで……私だけ連れ出した意味、そろそろ聞いてもいいかな？」

そう切り出したクリムの言葉に、少女の体が目に見えて跳ねる。

少女がクリム「だけ」を呼び出したのには、何か理由があるのだというクリムの想像は……どうやら当たっていたらしい。

「ごめんなさい、少し弱音を吐きたかったのかもしれません」

「弱音？」

「はい……雛菊ちゃんと比べると、自分は本当に駄目だなぁって」

「あー……」

聞いた話では、リコリスが今年から中学生なのに対して雛菊は小学校最高学年。

ウィンダムを出立するまでの三日間、ネーブルの町に向かうための実力をつけるため皆で繰り返し行っていたスキル上げの最中、リコリスはどうやら自分より歳下《としした》の少女が見せた成長力に圧倒されていたらしい。

だが、雛菊のあれは天稟《てんぴん》と言ってもいい。ほとんどの人にとっては、比較するだけ辛くなってくる類のものだ。

「凄いよね、あの子は。私もうかうかしていたら抜かれそう」

「え……お姉ちゃんも、ですか？」

「そうだね……でも、リコリスがあの子の得意分野で張り合う必要ってあるかな？」

「え……？」

クリムの言葉がよほど予想外だったのか、目をパチパチと瞬かせるリコリス。

「ちなみに、リコリスが好きなゲームって何かある？」

「あの……私、レトロFPSやVRFPSが……」

「ああ、だからナイフは得意なんだ」

実のところ、リコリスの近接戦闘は決して弱くはない。むしろ優秀な部類だ。

だが、どこかぎこちないのは……やはり、メインが銃火器のゲームに慣れていて、あくまでナイフはサブウェポンだったせいだろう。

「もしかして、前に高原で言っていた探し物って、銃のこと？」

「あ、はい、そんな話を掲示板で見かけて……でも、あの時は砂漠まで辿《たど》り着《つ》けなくて高原で迷っていたところをプレイヤーキラーの人たちに絡まれて、シャオさんに助けられたんです」

「なるほど。それであの時に通りかかったんだね。あらためて、危なかったところを助けてくれてありがとう」

「い、いえ、あれはほとんどシャオさんの作戦なの、私なんて囮《おとり》になっただけで」

褒められて、照れて真っ赤になりながら謙遜するリコリス。そんな姿を可愛いなぁと思いながら、クリムは記憶の片隅にあるNPCとの会話を引っ張り出す。

「しかし、銃か。私が小耳に挟んだ話だと……この砂漠のどこかでブラックマーケットが開かれていて、そこにランダムで出現する発掘家のNPCから買えるって、宿場町の人が言っていた気がするけど」

「本当ですか⁉」

「うん、明日出発する前に、ちょっと探してみるのも良いかもね」

「是非お願いします、なの！」

銃があると聞いて一転、嬉しそうに表情を緩める彼女。

その様子に、元気になったのなら良いかな、と苦笑するクリムなのだった。


——と、そんな時だった。


遠方から内燃機関の騒音と、誰かが騒いでいる声が、クリムの耳に入ってきたのは。

立ち止まり、音が聞こえてきた方角を睨むクリム。異変を察知して怯えた様子で寄ってくるリコリスを背に庇うようにして、しばらく警戒していると……やがて、暗視能力を備えたクリムの視界に、三台の大型ホバーバイクが蛇行しながらみるみる接近してきた。

「ヒャッハー!!」

「お嬢ちゃんたち可愛いでござるねぇ！」

「だけどこの先は危ないナリよ!?」

進路を妨害するように、砂塵《さじん》を上げながらクリムとリコリスの周囲を旋回する、三台のホバーバイク。その上にいる似たような姿のドワーフ族、よく似た顔をした兄弟らしき三人組が、荒っぽい口調でクリムたちに言葉を投げ掛ける。

「リコリス、下がって」

「わ、私だって背中くらいは守れるの」

「そっか、じゃあ、お願い」

クリムが影の短剣を生成し、リコリスも緊張した様子で外套の下からナイフを抜く。それを見て、三人のドワーフたちは……。

「ちょ、ちょっと待ったァ!!」

「な、何ゆえ武器を出したのでござるか!?」

「話せば、話せばわかるナリぃ！」

一転、慌てだした。そんなバイクの三人組に、拍子抜けしたクリムとリコリスは頭に疑問符を浮かべながら顔を見合わせるのだった。

◇

「つまり……あなた方は、この辺りで旧時代の物品を発掘して生計を立てている『砂漠の民』で」

「この辺りで行方不明者がでているから、心配して声を掛けてきた……の？」

クリムとリコリスの質問に、バイクから降りて砂上に正座したドワーフ三人組が、慌てて首を縦に振り、その言葉を肯定する。

彼らはそれぞれヒャッハー系が『アジーン』、ござる口調が『ドヴァー』、ナリ口調が『トゥーリ』とそれぞれ名乗り、この辺りで生活する発掘者で構成された商工会の幹部であると、自己紹介をする。

「この先に、旧時代、帝国成立前の暗黒時代より更に前に存在したっつう魔導文明時代の古戦場跡があるんだが……」

「踏み入れた仲間たちが、全員帰って来なかったポイントなんでござるよ」

「以来、我らの間では近寄るべからずと言われていたナリが」

「あんたらがそっちに向かうもんで慌てて追いかけてきたんだぜぇ！」

それはつまり……。

「言動がちょっとアレだったけど、心配してくれたんですね」

「ありがとうございます、なの」

二人で頭を下げると、三人のドワーフたちは照れたように赤くなり、その禿頭を掻くのだった。

その後、彼らには色々と話を聞かせてもらった。

つい先ほど話していたブラックマーケットのことも教えてくれて、リコリスは真剣な表情でメモに書き記していた。

情報交換が終わると、三人のドワーフたちは進むならばくれぐれも注意するようにと警告をすると、来た道をホバーバイクで走り去っていった。

「気持ちのいい人たちだったね」

「でも言動があれだから、紛らわしいの」

「はは、確かに」

二人ともすっかり気安いものになった態度で苦笑しあうと、すぐに真面目な顔に戻り、本来の目的である方角に振り返る。

「さて、思わぬところで銃の入手手段が分かっちゃったわけだけど、どうする？」

「私は、やっぱり光点の場所が気になるの」

「だよね。それじゃあ忠告してくれたあの人たちには悪いけど、この先に進んでみようか」

「はいなの、道案内しますね！」

リコリスの案内で、砂漠の先へと進む。

ひたすら砂ばかりが広がっていた風景は、進むにつれてやがて少しずつ、朽ちた機械の破片が増えていく。

「これは……どうやら彼らが言っていた古戦場跡に入ったみたいだね」

「何か、大規模な戦闘があったみたいなの」

周囲を警戒しつつ、そんなことを話しながらも進み、やがて到達した目的のポイントには……。

「ここが光点の場所ですが、これは……」

リコリスが、ポカンと眼前に現れたものを眺める。

それは……四肢を損壊し装甲板の大半は砕け、完全に朽ちたものの、まだ原形を残した巨大な人型兵器だった。

「帝国成立以前、暗黒時代より前の魔導アーマーだね」

「イベントの光点はこれだったのですね。でも、何故？」

「……ハッチが開いてる。何かのイベントが中にあるかもしれないし、調べてみよう」

「は……はい！」

二人は手を取り合い、機体の中へと潜り込む。


……そうして数分後。


やはりというかコックピットは電源が完全に死んでおり、ウンともスンとも言わなかった。

だが内部をよく調べてみたところ、シート下部に隠されていた何かのケースが見つかった。

クリムとリコリスがそのケースを機体の外へと運び出して、朽ちた蝶番《ちょうつがい》を壊し中身を確かめると、そこに収まっていたのは……白い、サッカーボールくらいのサイズの球体。

「これは……」

「リュウノスケが持ってる、マギウスオーブ？」

「いえ、似ていますけど、何か違うような……」

リュウノスケの使っていたマギウスオーブは半透明だったのに対し、こちらは真っ白。

「ま、なんにせよこれはリコリスの見つけた物だから、君のものだよ。ほら」

「は、はい……それでは失礼しますの」

リコリスが球体に触れた、その瞬間。

「ひゃっ⁉」

「だ、大丈夫⁉」

「えっと、【魔機銃《マギウスガン》】っていうスキルを習得した、っていうメッセージが流れたの」

そう告げて、手元の白いマギウスオーブに意識を集中するリコリス。

すると……オーブがみるみる姿を変えていき、細長い筒状に変化していく。

やがて変形を終えて姿を現したのは、縦に引き伸ばしたやや歪《いびつ》な『Y』の形をし、二つに分かれたフレームの部分にグリップと引鉄《ひきがね》、そして上部にスコープらしき部品を備えた純白の箱。

その姿は、ファンタジーというにはあまりにSFチックではあるが、まさに……。

「や、やった、これ銃、銃ですよ、しかも狙撃銃！」

リコリスが、嬉しそうにクリムに告げる。

少女の喜び様に、クリムもつられて表情を緩めた――その時だった。

チリッとうなじのあたりがざわつく違和感。

クリムは咄嗟に、リコリスの肩を摑んで砂の上に引きずり倒していた。

「きゃ⁉　あ、あのあの、お姉ちゃん、何を……」

銃を胸に抱いたまま、突然押し倒されて混乱したリコリスが、瞬時に真っ赤になって抗議しようとした瞬間。


——ジッ。


何かが焼ける小さな音と共に、今までリコリスが立っていた場所の砂が真っ赤に融解し、ガラス化した痕が刻まれる。

「ひっ……」

「これは……光学兵器の狙撃だ、伏せたままで！」

今度は真っ青になって硬直したリコリスを庇うように覆い被さったまま、クリムが周囲に視線を巡らせる。

すると本当に遥《はる》か遠《とお》く離れた場所に、一つ目のボールのような機械がふよふよと浮いていた。

「この機体に搭載されていた、自律兵装？　そうか、そのマギウスオーブを持ち出したから生きていたヤツが動き出したんだ」

「どっ、どどどど……っ⁉」

クリムの腕の下で、今にもオーバーヒートしそうな感じに茹《ゆ》で上《あ》がっている機械の少女に、はて、と首を傾げる。だが、今はそれどころではない。自律兵装のその目が、再度光り……。

「リコリス、こっち！」

「ひゃあ⁉」

クリムは咄嗟にリコリスを助け起こし、彼女を守るように胸の内に抱き込んで魔導アーマーの残骸の陰に飛び込む。刹那の後、その逃げ込んだ装甲の裏側からジュッと着弾音。

「やっぱり、リコリスを……というか、リコリスが持ってるその銃を狙っているみたいだね」

「あ……そ、そうなんですね」

「たぶん機密保持のためだと思う。それを手放せば、もう襲ってくることは無いと思うけど……」

「嫌！」

「うん、だよね」

クリムの言葉を聞き終わる前に、リコリスはひしっと銃を抱きしめ首を横に振って即答する。

もちろん、クリムは彼女のそんな反応を予想していたし、自分が同じ立場だったとしても同じ反応をする。明らかなレアアイテムとスキルなのだ、手放すなどゲーマーとしてはあり得ない。

だが、向こうは移動しながら連射の利くレーザーで狙撃をして来ているのだ、走って距離を詰めて近接戦闘に持ち込むには、あまりにも分が悪い。

「ねえリコリス、それはすぐに撃てる？」

「え、えっと……」

クリムの言葉に、この危機的状況を認識しようやく再起動したらしいリコリスが、手にした『魔機銃』を確認する。やがて……。

「うん……弾丸《バレット》は魔力を消費してこの中で生成できるから大丈夫……だと思うの」

「よし。それじゃあ私が囮をするから、リコリスはそれでここから狙撃、できる？」

クリムの言葉に、リコリスはキュッと唇を噛んで頷いた。

「……ＦＰＳでは、スナイパーだったの」

「よし上等、背中は任せた！」

それだけをリコリスに告げたクリムは、物陰から飛び出して、致死の閃光ひらめく中を敵に向かって駆け出した。

◇

――背中は任せた。

そんなことを言われたのは、初めてだった。

なんだか、胸の内側がほわほわするような気がして、思わず表情が緩む。

だけど今は喜んでいる場合ではない。こうしている間にも、クリムは当たれば即死しかねない閃光の中、薄氷の上でステップを刻んでいるのだから。

「読込《レーゼン》、『一方通行《アインシェトラーゼ》』」

コマンドワードと共に、リコリスの頭のディスクが駆動音を上げて回転を始め、周囲に展開する青く輝くフィールド。

――『アインシェトラーゼ』。通常の魔法を習得できない『融機種《ノーマ・マキナ》』が、代わりに有する特殊スキル『機術』が一つ。展開中はＭＰを消費するが、自身への遠隔攻撃を減衰させるフィールドだ。

リコリスは防護フィールドを展開したまま、魔導アーマーの足元に伏せて遮蔽物とし、手にした銃を構えてスコープを覗《のぞ》き込《こ》む。

まだ調節前のぼやけた視界の先では、自律兵装が自衛のために散弾のようにバラ撒《ま》いている無数の閃光を、時にかわし、時に切り払い、防ぎながら駆ける白い少女の後ろ姿がある。

――凄い。

まるで、夜の精霊が踊っているみたい……そう、ふと思った。

それは……リコリスが、あの白い少女の背中に憧れた瞬間。

だから、役に立ちたい。

そのために、今できることを。

そうグッと唇を噛んだ——そんな瞬間だった。

「リコリス、隠れて!!」

「え……きゃあ!?」

不意の、切迫したクリムの警告。

次の瞬間、周囲に展開された『アインシェトラーゼ』を貫いて、右肩に灼熱《しゃくねつ》の感触。視界の端に、火傷《やけど》の状態異常のマークが点灯した。


——痛い。


痛いし、熱い。

いや、正確には痛覚軽減機能が働いているために、せいぜいが痺れたくらいの感覚なのだが、リアルな世界と内心に渦巻く恐怖が『痛い』とリコリスの脳を錯覚させている。

けれど……確かに敵から放たれている攻撃の間隔は、さっきまでよりも遅い。

クリムが向こうで攻撃に晒されていることで、向こうのチャージが遅れているからだ。

次にあれが飛んでくるまでには、まだ余裕がある。だから……。

――その前に、狙い撃つ！

幻覚の痛みを振り払い、少女が再び銃を構えて飛びつくようにスコープを覗き見る。
肩は火傷のバッドステータスでじくじくとした感覚があるけれど、腕は問題無く動く。むしろ、
意識が冴《さ》えてちょうど良いくらいだ。
覗きこんだスコープの中で、宙を飛び回っている自律兵装が、やけにゆっくりと見えた。
やがてそれは、引き延ばされた時間感覚の中で、ほぼ停止したかのように見えた。

――大丈夫、当たる。

極限まで研ぎ澄まされた集中の中で見たそれは、確信。
リコリスの中の、覆りようのない決定事項。
まるで導かれるようにして、リコリスの機械の指が、銃の引鉄へと掛かり、引かれる。

――それはまるで、夜の砂漠に瞬いた、一条の流星のように。

真っ直ぐに自律兵装の目……レーザー発振器へと飛び込んで、反対へと抜けていった。

「………やっ、た？」

スコープから顔を上げた先にて、爆炎を上げて落ちていく自律兵装の姿を呆然と眺める。

「リコリス！　凄い、すごい狙撃だったよ！」

駆け戻ってきて、興奮したようにリコリスの手を握り、ブンブンと振り回すクリム。

その様子に、リコリスの胸にもじわじわと達成感が湧き上がってくる。

「はい……やりました、できました！　この子のおかげなの‼」

力を貸してくれた銃を、思い切り抱きしめる。

もう、この相棒無しなんて考えられない……それくらい、今は無骨なこの魔機銃が愛おしかった。

「これからも……よろしくね、『空白の画架《ブランクイーゼル》』……」

そう、リコリスは満面の笑顔で、新たな愛銃の名を呟くのだった。

◇

【小話】あなたのスキル構成は？　【リコリス編】

「さて……それじゃ、一番戦術に関わってきそうなリコリスちゃん。スキルについて教えてほしいんだけど今大丈夫かな？」

「あ、わ、私ですか……？　ちょっと恥ずかしいけど……お姉ちゃんが見たいなら……いいよ？　ど、どうぞ……」

「う、うん……それじゃ、お願いね（なんでフレイヤといい、この子といい、意味深な言い方するかなぁ!?）」

◇◆◇

・補助スキル

電子の目　　40/100
思考加速　　30/100
鎮静化　　　20/100

合計　972/1200
生産　30/100

■特性

『機術』

『機械の体』

※物理ダメージ×0.8。
※各種魔法習得不可。

PC　name：リコリス
種族：融機種
所属ギルド：『ルアシェイア』

■基本能力（ベーススキル）

HP：1300
MP：225
生命力《VIT》：55/100（0）
精神力《MND》：45/100（－10）
筋力　《STR》：71/100（＋10）
魔力　《MAG》：74/100（＋10）

■所持スキル

・マスタリースキル

片手武器マスタリー　58/100
ガンマスタリー　　　53/100
アーマーマスタリー　51/100

・ウェポンスキル/マジックスキル

短剣　　　60/100
魔機銃　　62/100
機術　　　42/100
魔機術　　45/100

・生産スキル

錬金　30/100

・日常スキル

落下耐性　28/100
瞑想　　　42/100
疾走　　　46/100
隠密　　　65/100
自然治癒　22/100
観察眼　　63/100

「……なんていうか、今までにいたレア種族でも私に並んでぶっ飛んだ種族特性だよね」

「そ、そうでしょうか……？」

「うん、このゲームって大抵の人が魔法を何か習得しているじゃない、自分がとれる行動の幅を広げるために。だけど、それが根底から別物になっているっていうか」

「選んだ時点で……普通のプレイができないというのは……」

「うん……結構なデメリットかもしれないね。補助スキルに見慣れないものがあるけど、これも？」

「あ……これは、ノームと共通らしいの……望遠と赤外線がセットになった電子の目と……思考加速と鎮静化は、特定の条件下で特殊なシステムアシストが入る……らしい？」

「へぇ、そうなのか。ちょっと興味出てきたな」

「でも、発動条件不明……自由に使えなくて少し不便なの」


「ちなみに機術って、前に使っていた『アンハルテン』や『アインシェトラーゼ』以外だと、他にどんなものがあるのかな？」

「えっと……今覚えているのは、周囲に見える自分の姿を誤魔化すのとか、一時的に位相空間に身を隠すのとかなの」

「なるほど。私たちの中で一番隠密《おんみつ》スキルが高いレベルだったり、リコリスは身を隠す系のスキルを結構好んで取っているよね。やっぱり狙撃のため？」

「うん……射撃ポイントの隠蔽……大事なの」

「リュウノスケも習得していた魔機術《マギウス》を持っているのも？」

「そう……視界を拡張したりとか……あと遮蔽物に身を隠したままカメラを飛ばして周囲の索敵ができるから、凄く便利なの」

「へぇ。リュウノスケは撮影のために使っているけど、リコリスは同じ能力を見事に戦闘に活《い》かしているのだね。人によってここまで運用が違うのは面白いな」

「活用方法は人それぞれだなって、パパも笑っていたの」

「それと、リコリスといえば代名詞の狙撃、そして魔機銃だよね。今のところ他に習得したプレイヤーの報告は無いみたいだけど……特徴って説明できるかな」

「……『ブランクイーゼル』のことを説明すればいいのね？」

「あ、うん」

「えっと……まず、普通の銃スキルとの違いは、弾の携帯が必要ないことなの。その時々で使いたい弾種を選んだら、薬室に魔力を込めて弾丸《バレット》を生成するの。実弾銃と違ってその都度弾を生成しないといけないいから連射も利かないし魔力消費も多いけど、状況に合わせて撃ち分けられるし射程も威力も折り紙付きなの」

「あ……あの、リコリスさん？」

「ちなみに『ブランクイーゼル』はあくまで射出機扱いでこの子自体に攻撃力は無いの。威力はほぼ全て選んだバレットと私の魔力次第ね。そういう意味ではちょっと特殊な攻撃魔法みたいな運用になるのかな。あとね、あとね、ダメージも魔法攻撃力依存で物理的な防御はあまり意味を為《な》さないから、重装備の人相手にも有効なの。その分対魔法障壁の影響も受けるから注意が必要ね。あと……」

「待って、ちょっと待って情報量が追いつかない！」

「あ……ご、ごめんなさい……」

「いいよ、気にしないで（趣味の話だと饒舌《じょうぜつ》になるんだね。気付いて恥ずかしがっているのは可愛いなぁ）」

「あ、あの……お姉ちゃん？」

「大丈夫、ゆっくり話すといいよ、ちゃんと聞くからね？」

「うん……分かった」

（この後、二人で銃を組み込んだ戦術の談義が延々と続いたので省略）

シュヴァルツヴァルトから出て北へ進んだところにある峠……そのエリア名を『鬼鳴峠《きめいとうげ》』という。

7　雛菊の挑戦

大陸中心の山脈を水源とする河川が大地へと刻み込んだ、深い渓谷を挟んだ対岸。

上り勾配となっている道を北上して行った先、コロセウムのような円形の崖の内部には、頭の角と、やや大柄でがっしりとしている以外は人とほぼ同じ姿をした魔族系の種族『鬼人族《オーガ》』が集落を形成していた。

どこか和の雰囲気が漂う、しかし鬼人族に合わせて作られているため全てが大きなサイズで作られた集落。

その中心にある開けた場所には円形に穿たれた窪地《くぼち》があり、その底には鬼人族が日々手合わせに勤んでいるという決闘場が鎮座している。

現在、そんな鬼人族の集落では、多数のプレイヤーが長蛇の列を成していた。

しかし集まったプレイヤーの中には付き添いや野次馬も多く、そうした者たちはバトルフィールドの外周に座って挑戦者の奮闘を見学している。

更にその周囲では、商魂たくましい生産職の者たちがここぞとばかりに出店を開いており、鬼人のＮＰＣたちにすら呆れられているという様子は……まさに、お祭り騒ぎ。

何故このようなことになっているかというと、この場所が、上位武器スキル『刀』スキルの習得イベント発生場所となっているからだった。


「うわぁ、結構たくさんの人が並んでいるです！」

ついに念願だった刀スキル習得の地に到達したことで、すっかりはしゃいだ様子の雛菊が、皆の先頭で目を輝かせて鬼人族の里を見渡していた。

その眼前では雛菊が言った通り、数十人くらいのプレイヤーがクエスト開始地点前で長蛇の列を作っている。

「うん……リュウノスケが情報を拡散したそうだから、居るとは思ったけど……ここまで盛況なのは予想外だったかな」

それでもここまでの道中自体が大変だから、その過程で脱落した者も多いに違いない。にもかかわらずこれほどの行列ができているということは、それだけ刀スキルを渇望していた者が多かったのだろう。

予想以上にごった返している行列ではあったが……案外と、進むのが早い。それもそのはずで、実力不足のプレイヤーが次々と鬼人族の戦士に敗れ、退出させられているからだ。

と、そんな光景を眺めていると、不意にクリムたちの頭上へ影が差した。

突然暗くなった視界に驚いて皆が頭上を見上げると……そこにはクリムの優に倍は背丈があろうかという、巨大な鬼人族の女性がキセルをふかしながら見下ろしていた。

「ありゃあダメだねぇ、ワタシら鬼からしたら、全然鍛えたりないよ」

「あ、マ＝トゥじゃん、久しぶり」

「おや、だれかと思ったら吸血鬼のお嬢ちゃんかい、ごめんねぇ小さくてよくわからなかったよ」

カラカラと豪快に笑う鬼人族の女性と、クリムが親しげにハイタッチする。その光景に、事情を知っているリュウノスケ以外の全員がぽかんとしていた。

「えっと、クリムちゃん。こちらの方は？」

「ああ、ごめんごめん。この人は『剣匠マ＝トゥ』さん。刀スキル解放クエストの重要ＮＰＣで……」

「まぁ、しがない妖刀専門の刀鍛冶さ。興味があったらあとで工房も覗いておくれ、夜には深酒していなけりゃだいたい店は開いているからさ」

「は、はぁ……」

悪びれもしないマ＝トゥの言葉に、なんといえばいいか分からず困った顔をするフレイヤ。その一方で、今のマ＝トゥの言葉に目を輝かせている者もいた。

「刀……妖刀……！」

「お、ちび嬢ちゃんは刀が気になるのかい？　えぇと……妖狐の雛っこかい」

「はいです、すごく見たいです！」

尻尾をぱたぱたと振り回して、全身で喜びを表す雛菊の様子を見て、マ＝トゥはクリムに「この子は？」という視線を送ってくる。

「あの、マ＝トゥさん、この子は……」

「まぁ、こんなおチビちゃんがわざわざこんな辺鄙《へんぴ》な場所まで来たってことであれば目的はわかっているよ、刀を使いたいんだろう。だけど知り合いの知り合いだからって特別扱いはなしだよ、ちゃんと実力を見せな」

「はいです、がんばります！」

ふんす、と鼻息荒く返答する雛菊。とうとう念願の刀スキルまであと一歩ということですっかり興奮している様子に苦笑しながら、マ＝トゥが踵を返す。

「それじゃ、ワタシは舞台に上がる準備をしておこうかねぇ。クリム、あんたがわざわざここまで連れてきたのだから、ワタシのところまで勝ち上がれる実力はあるってことだろ？」

「うん、この子は強いよ。たぶんマ＝トゥさんもびっくりする」

「はは、そいつぁ楽しみだ」

かかか、と笑って、マ＝トゥが舞台のほうへと歩き去っていく。その背中を見送ると、あらためてクリムたちも、大勢のプレイヤー集団が順番待ちをしている最後尾へと向かう。

「はー、すごい迫力だったねぇ」

「こ、こわかったの」

「あれ、本当にＮＰＣなのか……あんなに自然な受け答えができるなんて、中に運営側のＧＭ《ゲームマスター》でも入っているのかと思ったぞ」

ほとんど実在の人物と変わらないような言動をしていたマ＝トゥの様子に、仲間たちも驚いて目を瞬かせていた。そんな中で、クリムは雛菊に少しだけ檄《げき》を飛ばしておこうと声を掛ける。

「雛菊、わかっていると思うけど」

「はいです、あのマ＝トゥってひと、すごく強そうでした」

不安そうに言う雛菊が、それでも迷わず長蛇の列の最後尾へと並ぶ。クリムたちが付き添えるのはここまで、あとはすべて雛菊しだいだ。

「それじゃ、私たちは外周で、上から見守っているよ」

「は、はいです……」

微かに緊張が滲む固い声。無理もないだろう、雛菊にとっては念願であった刀スキル習得のチャンスだ。

「雛菊……マ＝トゥさんは確かに強いよ、たぶん、これまで雛菊の戦ってきた相手の中でも一番の、大変な戦闘になるだろう」

「はい……」

「だけど……私が保証する。雛菊なら落ち着いて戦えば、必ず勝てる！」

「……はい、行ってきますです！」

　クリムの励ましに、パッと花が咲くような笑みを浮かべ、雛菊が元気に返事をする。

　それを見届けたクリムは一つ満足げに頷いて、その場から離れるのだった。


　雛菊と別れたクリムは、何か屋台で買ってくると離れて行った皆とは別行動を取り、バトルフィールドを覗き見ることができる外周の崖に腰掛けて他の人の挑戦を見学していた。

　クリムの目から見て……皆、ここまで来る実力は確かだが、それでもまだ少し足りない。善戦した者でもそのほとんどが三戦目を目前としたところでほぼ例外なく敗退していた。

　そんな中、観客、あるいは野次馬から一際大きな歓声が上がった。新たにバトルフィールドへと現れたのは、狐耳と尻尾の可愛らしい少女の姿。

　ついに雛菊の出番が来たらしい。自分を師と呼ぶ少女の晴れ舞台だから決して見逃すまいと、クリムが身を乗り出した……その時だった。

「隣、構わないか？」

「ごめんなさいね、二人で座れそうな場所がここだけですもので」

不意にかけられた、低い男性の声と、落ち着いた女性の声。

隣を見上げると、そこに居たのは……一瞬だけ鬼人族と勘違いしてしまったほどの長身を持つ、黒髪と黒い瞳を持つドラゴニュートの青年だった。

さらにその後ろには、クリムよりだいぶ背の高い女性の姿。白の革鎧《かわよろい》に身を包み、青髪を緩く三つ編みにしたノーム族の女騎士が、クリムに笑顔で手を振っている。

青年のほうは気難しそうなしかめっ面をしており目つきも鋭いため、一瞬かなり年上かとも思ったが、よく見れば結構若いような気もする。

「……座っていいか?」

「あ……ごめんなさい、構いませんよ?」

周囲を見回すと、たしかに座れる場所はもうほとんどない。

フレイヤたちがどこに居るか確認すると、皆は最前列席で一緒に観戦するのは早々に諦めて、少し離れたテーブル席に纏まって座っているのを見つけた。故に彼らは、どうにかクリムの横に二人分ならば座れそうなスペースを見つけてやって来たという事だろう。

「ありがとう、では隣に失礼する」

「私はエルネスタと申します。こちらの大きな方はリューガーと」

「あ、クリムです。えぇと、エルネスタさんに、リューガーさんですね」

名乗り返したクリムの確認に、エルネスタは微笑んで、リューガーは無表情のまま視線だけを向けて、それぞれ頷く。

「ごめんなさいね、この方、見た目は怖いし口数は少ないけど、悪い人じゃないから」

「は、はぁ……」

しかしクリムも、このドラゴニュートの青年に対して不思議と怖さを感じない。

それはきっと、表情から所作の端々までに穏やかな雰囲気を纏っているからだろう。

クリムがそんな事を考えているとは露知らず、彼は腰の剣帯から剣を鞘ごと外して横に置き、やや離れた隣に腰掛ける。

バトルフィールド内を真剣な顔で見つめるその姿はまるで哲学者のようであり、決してナンパの類ではなさそうだとクリムも内心ホッと安堵する。

「あら、次に戦う挑戦者の方は、随分と可愛らしい狐の女の子ですね」

「あれは、もしや君の仲間か？」

「うん、そうだけど……」

「ほう……あの歳で、なかなか強いな」

感心した様子の青年の視線の先では、早くも雛菊と戦っていたはずの一人目の鬼人族が地に倒れ伏していた。

「このままだと、すぐにクリアしてしまいそうですね」

「いや……どうかな。次の相手までは特に問題はないと思うけど」

クリムの言葉通り、一人目と二人目は、今の雛菊の実力であれば問題なく突破できるだろう。

だが、問題は次。そこが、雛菊が今まで練習してきたものが問われる時になる。


数分の後……ついには二人目の鬼人族をほぼ無傷で制した幼い狐の少女。

その番狂わせに周囲がざわつく中、雛菊の前に新たなボスが現れる。

「なるほど、やっぱり来たね。あの吸血鬼っ子が目を掛けているだけはあるようだね」

「胸をお借りしますです、よろしくお願いしますです」

「はは、礼儀正しい子だね、いいよ、その腕すこし見てやろうじゃないか」

三人目、『剣匠：ヤ族のマ＝トゥ』

大きな体躯《たいく》を持つ、薄緑髪の女鬼人が雛菊の前に立ち塞がったのだった。


始まった第三戦目。厳しい顔でバトルフィールドを睨むクリムの様子に反して、雛菊は危なげなく相手のライフを削っていく。

「君は、次の相手は難しいと言っていたが」

「今まで、とあまり変わった所があるようには見えませんね。確かにこれまでの相手よりは強敵なようですけれども、このままあの女の子が押し切れるのではないですか？」

マ＝トゥとの戦闘開始からおよそ五分。皆が固唾を呑《の》んで見守る中、戦闘は雛菊の優位に進んでいた。その様子を見て、思わずと言った様子で呟くドラゴニュートの青年とノームの女性だったが……クリムは、その言葉に首を横に振る。

「いや、ここからだよ。あのボス……マ＝トゥさんは、まずは最初に相手の力量を探って、その後の行動を変えてくるんだよ。雛菊ならきっと、マ＝トゥさんの方も全力を出して来る」

「……ふむ？」

クリムの発言に対して興味深そうに、片眉をひくり、と動かすドラゴニュートの青年。

……あのボス、『剣匠マ＝トゥ』は、前半は隣の青年の言った通り少しステータス的に強いだけで、今まで戦った二人とあまり変わらない。事実、雛菊はここも危なげなく敵を制し、そのライフを半分近くまで削っていた。

「……だけど、真の試練はここからだよ」

「そうなのか？」

「うん、マ＝トゥさんが面白い相手だと判断したら、ここからステータスと攻撃パターンが変わるんだ。えぇと……」

HPが半分を切った時にあのボスが使ってくる、秘剣『九重《ここのえ》』。

それは、ここまでの二人のボスが使用してきた剣技『臨』『兵』『闘』『者』『皆』『陣』『列』

『在』『前』、計九つの戦技を連続で繰り出してくるというもの。

まずは『臨』、極端に小さな初動から、瞬時に相手の懐へと飛び込む突進技。隙は小さいが威力も相応にしかなく、今の雛菊であればたとえ受けてもダメージは大したものではない。

だが……この『臨』は、いつでもキャンセルして別の技へと接続が可能となっている。

そうして繋げられたのが、次の『兵』……一息に袈裟斬り・横薙ぎと繋がる神速の二段攻撃。

そしてどうにか凌《しの》いだところに放たれる『闘』、全周囲薙ぎ払い。

後退して下がるべきなのだが、そこで次が『者』……高速の居合斬り。

前方正面百八十度と広範囲、しかも前方向の範囲が強く、下手に中途半端な距離を下がるとバックステップ狩りに遭う。更に……。

「……というように、非常に意地の悪い連撃となっているんだよ」

「なるほど……それは確かに、薄氷の上を渡るような繊細な処理が必要そうですね」

「うん……だけど、大丈夫みたい」

クリムの言葉通り、バトルフィールド内では雛菊が、まるでひらひらと舞踏を舞うかのように、それら全てを落ち着いて捌《さば》き切っていた。幼く可憐《かれん》な少女の、目にも鮮やかな奮闘に、周囲の観客は歓声と声援を上げている。

「……凄いな」

「ええ、あの幼さで大したものです。あの技、まだ攻略情報は出てなかったはずですけれども」

「うんうん、わざわざ再現してみせて、事前に何度も予習しておいた甲斐《かい》があったというものだよ」

「ふぅん……」

エルネスタの目が、スッと細められる。だがクリムは、クライマックスを迎えているバトルフィールド内に集中していて、その視線の温度が変化したことに気が付かなかった。

「それで、その全てを再現できるくらい理解しているあなたは？　前情報なんて無い状況で、どうやって捌き切ったのですか？」

「……うぐっ」

弟子の戦いぶりに熱中していたクリムが、冷や水をぶっかけられたようなうめき声を漏らす。

――しまった、弟子を褒められて余計なことを喋《しゃべ》った。

そうクリムは思ったが、口に出してしまったものはもう飲み込めない。

「……エルネスタ、人のスキル構成を聞くのは」

「あら、申し訳ありませんリューガー、マナー違反でしたわね。貴女《あなた》とも、ちょっと話をしてみたかっただけで尋問したいわけではないんです、失礼しました」

そう言って立ち上がり、服に付いた草を軽く払って踵を返すリューガーとエルネスタ。

ほぼ同時に、ついに『九重』を全て凌ぎ切った雛菊の大剣がマ＝トゥを捉え、一度は停滞していた彼女のＨＰが再び減少し、戦闘が佳境に入ったところだった。

「答えは……いずれ相対した際に教えてもらうことにする」

「その時を楽しみにしていますね、それでは失礼します」

……勝敗は決した。

そう判断したらしい二人は、クリムへとそれぞれ場所を貸してくれた礼を述べると、いずこかへと立ち去っていくのだった。

8　来訪者たち

「あ、見つけた！　リューガーもエルネスタも、どこに行っていたのさ」

「ああ、すまないラインハルト」

「面白そうな子が居たので、少し話をしてきました」

ここは、鬼人族の集落外れ。

人混みを避けるようにやって来たリューガーとエルネスタの姿を見つけて駆け寄ってきた、ラインハルトと呼ばれた金髪の少年が、少し怒ったように二人に声を掛けてくる。

「まったく……皆、もう少し報告連絡相談をしっかりやろうね。いつも振り回される僕の身にもなってほしいのだけども」

呆れたように愚痴る金髪の少年を、その背後に控えていたフードを深く被った青年が苦笑しながら宥める。それは……以前ヴァルハラントでクリムと一戦を交えた、黒衣の青年だった。

「まあまあ、二人も無意味に勝手な行動をしているわけじゃないだろうから、許してあげなよ」

「……一応、一番勝手な行動をするのは貴方《あなた》なんですから他人事《ひとごと》みたいに言わないでくださいね、団長」

「はは、すまないなラインハルト。それでもこうしてついてきてくれる君には、いつも感謝しているよ」

「まあ、君の叔母上に頼まれているからね。僕の母上が君のご両親や叔母上と親友じゃなければ、こうして幼なじみとして振り回されることも無かったのに」

「だから、本当にすまないって」

黒衣の青年が、すっかり拗《す》ねてしまった幼なじみの少年を、苦笑しながら宥める。本当に、こちらにまでわざわざ同行してくれた彼には頭も上がらないといった様子だ。

そんな気安い二人に表情を緩めたリューガーとエルネスタが、直後、揃って深々と頭を下げる。

「団長、それに皆も。今回は俺の我儘《わがまま》に付き合って貰ってすまない」

「私からも、礼を言わせていただきます。私たちが中途半端に終わらせた結果発生したトラブルのせいで、遠征中だった団員たちに余計な寄り道をさせてしまいました」

「気にするな、二人とも。元々君たち二人に無理を言って私たちのギルド『北の氷河』へと来てもらったのだからな、これくらいの手助けはさせて欲しい」

真剣な表情で二人に声を掛ける、ギルドの長である黒衣の青年。

……リューガーとエルネスタは、元々は『高地カレウレルム高原』で幅を利かせ、エヴァーグリーンから出てこようとするプレイヤーに対し迷惑行為を繰り返していたプレイヤーキラーを相手に大立ち回りを演じていたＰ Ｋ Ｋ《プレイヤーキラーキラー》だ。

その評判を聞きつけた『北の氷河』団長がスカウトし……その頃には既にプレイヤーキラーたちも活動を自粛して別のエリアへと退散していたために、もう大丈夫だろうと誘いに乗ったのが、十日前……奇《く》しくもクリムがネーブルを発ち、始まりの街ウィンダムへと向かったその当日だった。

だが……前日のヴァルハラントにおけるクリムと決闘した一件で『北の氷河』の話題が再燃し、リューガーたちの不在を知ったプレイヤーキラーたちが戻ってきてしまったこと。そしてそのプレイヤーキラー集団が、『北の氷河』も一目置いているあの少女らを逆恨みしてちょっかいをかけていることを、とあるライバルギルドの長から直々に伝えられたのが一昨日、彼らのギルドが滞在していた、霊峰オラトリオの麓にある巡礼者たちの拠点として栄えた宿場町でのこと。

その情報を聞いたリューガーたちがギルドの幹部たちに相談し、一時的に別行動させて欲しいと頼んだところ……仲間の頼みだからと主張するギルドマスターの鶴の一声により、『北の氷河』は大陸北部へと向かう遠征を一時中断し、現在この鬼鳴峠に潜伏中だった。


「元々、無理にギルドメンバーとして君ら二人を誘ったのは私だからね、出来る限りの協力はさせてもらうよ」

「そうですね……それに、遺恨を残したまま進むくらいであれば、きっちり清算を済ませて気持ちよく仲間になっていただけた方が、僕らとしても頼もしいです」

「……感謝する」

「この件が終わったら、私たち二人は誠心誠意、このギルドに尽くさせてもらいますわ」

話は終わりと、皆で頷き合う『北の氷河』のメンバーたち。

そうして、皆の興味は元の、先ほどエルネスタが言っていた内容へと戻される。

「……それで、エルネスタ。見つけた面白そうな子って何？」

「ええ、前に団長が戦っていた例の子……ポテトちゃんですわ」

「ほう、彼女もここに来ていたのか」

「どうやらあの子、私たちよりよほどこの辺りの地理に詳しいみたいですわね」

「今回ここに来たのは、仲間の付き添いらしい」

どこかそわそわとした様子で、話題の少女を探す黒衣の青年。

先日のヴァルハラントでの一戦以来すっかり気に入ってしまったらしい彼の様子に、エルネスタが口元に手を当ててクスリと笑う。

「団長、あの子によほどご執心みたいではないですか。彼女は、貴方の全力を以《もっ》て臨むべき好敵手たり得るのですか？」

「さあ、先日軽く手合わせしただけだと分からなかったな。普通にしている分には可愛い女の子だよ……ただし、前に戦った際も底が見えなかった」

「ほう、団長にそこまで言わせるか」

こちらは、黒衣の青年が発した言葉にピクリと反応するリューガー。物静かで穏やかに見える彼ではあるが、やはりゲーマーとしては強者と聞くと少しばかり血が騒ぐらしい。

「だから、少し寄り道して見に来て良かっただろう？」

「そうだな……」

「ポテトちゃんだけでなく、仲間だという剣士の女の子も、幼い割に結構やりましたわね。あれはおそらく伸びてきますわ、ギルドランク決定戦までにはもう、団長かリューガーでなければ抑えられませんわね」

「ああ、知らなかったら危なかった」

背後、バトルフィールドの周りの野次馬たちから、一際大きな歓声が上がる。どうやら戦っていたあの小さな女の子が勝ったらしい。

周囲で鬼人族たちが、三連戦踏破者が出た事を里中に知らせる太鼓を激しく打ち鳴らす中、膝をついた『剣匠マ＝トゥ』のすぐ前に、呆然と大剣を提げた狐の少女が立っていた。

「へぇ、凄いね、あんな小さな子が」

「だろう？　私の慧眼《けいがん》を褒めてくれても良いんだぞ？」

「はいはい……」

胸を張り、ドヤァ……という擬音が付きそうな顔をする黒衣の青年と、そんな彼に呆れたように肩を竦《すく》める金髪の少年。

「こほん。それはさておき……一週間後の『暫定ギルドランク決定バトルロイヤル』……俄然《がぜん》、楽しみになってきたな」

「はあ……君なんかに目をつけられて、あの子たちも可哀想《かわいそう》。好きなものは真っ先に食べに行く君のことだ。きっと、真っ先に潰しに行くんだろうなぁ……」

そう、肩を竦めてみせる金髪の少年に……。

「はは……よくわかっているじゃないか」

黒衣の青年は、珍しく年相応の満面の笑みを浮かべ、そう答えるのだった。

そうしてしばらく談笑していると、また一人、新たな人物が現れる。

髪をやや乱雑なオールバックにした、エルフ……よりも若干長い耳を持つ、『ノーブルエルフ』の青年だ。エルフ特有の端整な顔立ちを基本としながら、少しばかり人相が悪い……そんな風貌だ。

「おー、おー、なんだか盛り上がっているねぇ」

「あ、おかえりシュヴァル、どうだった？」

「ああ、やっぱりあちこちにプレイヤーキラーどもが潜んでいるな、これは。狙いはあの吸血鬼っ子で間違いないみたいだ、どうやら前にボロクソにやられた事を、相当根に持っているみたいだぜ」

一行の斥候役として、姿を隠し周囲の状況を探ってきた彼の言葉に、皆が一様に真剣な表情で考え込む。

「ふう……いくらＰＫ行為がプレイヤーの自由の範疇《はんちゅう》とはいえ、特定プレイヤーに執拗《しつよう》な粘着行為を行うのは規約違反だといいますのに」

「ま、運営も二回目くらいなら何も動かんだろ、三度目はないと思うけどな」

「つまり連中にとってはリベンジする最後の機会だ、油断はできない」

リューガーの言葉に、一斉に頷く面々。

「……で、だ。情報通り、その背後に大ギルドが居るのを確認した。プレイヤーキラーたちの加勢か……あるいは別の目的かはしらんが、今、そいつらに雇われている傭兵たちが集合しているのも確認したぜ」

「シュヴァル、そのギルドはどこか分かったか？」

「例のタレコミ通り、『東海商事』で間違いねぇ。今後控えているギルドランク決定戦の優勝候補の一角を担う、最大手生産ギルドだ。連中は自分の手足となって動かせる、実力のある傭兵をかき集めているからな、どうやら団長と引き分けたあのポテトちゃんを仲間に取り込みたいみてぇだな」

「それで、例の復讐《ふくしゅう》したがっているプレイヤーキラーたちと利害が一致したって事ね」

「そんなところだろう。さてラインハルト坊ちゃんよ、どうする？」

シュヴァルは一行の作戦立案役である金髪の少年に尋ねる。すると彼は少し考えた後、すぐに顔を上げて仲間たちへと指示を出していく。

「当初の予定通り、僕と団長はギルドを率いて『東海商事』の方を抑えるつもりだよ」

「あの子が、多少傭兵が増えた程度でそこらのプレイヤーキラー如きに後れをとるとも思えないけれど」

「それでも今回は流石に人数差がありすぎるから、何が起きるか分からないよ。もし何かを守りながらの戦いになったりしたら尚更《なおさら》ね。君はなまじ強いから、なんでも独力で解決できると思っているのが悪いところだよ」

「う……て、手厳しいな」

辛辣な少年の言葉に、黒衣の青年が気まずそうに頭を掻く。彼の反省した様子に「しょうがないなぁ」と嘆息すると、次に少年はリューガーとエルネスタに向き直る。

さて、君らはどうする。

そう問い掛ける仲間たちの目線に、リューガーとエルネスタがしかと頷く。

「……プレイヤーキラーたちの集団は、俺たち二人がやる。もともとあのプレイヤーキラーたちは、俺たちが中途半端に放り出した案件だ」

「ええ。予定通り『北の氷河』本隊は、『東海商事』の傭兵たちに対して牽制《けんせい》をお願いしますわね」

「分かった。君たちならば無用の心配だとは思うが、抜かるなよ」

黒衣の青年が放った言葉に、リューガーが、エルネスタが、もう一度頷く。

それを見て満足げに頷いた黒衣の青年だったが、すぐにその傍にいたラインハルトが、何かを考え込みながら話しかける。

「ねぇ団長、今回のタレコミ、分かっているとは思うんだけど」

「ああ、この情報を私たちに伝えた人物についてだろう?」

宿場町で休息を取っていた彼らに、突然ふらりと現れて今回の出来事を知らせてくれた少年。

だがそれは、ある意味では彼らが最も……それこそあの白髪の少女たち一行よりも警戒している人物だった。

「さて……いったい何を考えているんだろうね、現状最強の魔法使いとか言われている『嵐蒼龍《ランファンロン》』のギルドマスターさんは」

だが、たとえ罠だったとしても喰《く》い破るまでのこと。

黒衣の青年はただそう言って、獰猛《どうもう》な笑みを浮かべるのだった。


【小話】あなたのスキル構成は？【雛菊編】


「雛菊、刀スキル入手おめでとう。もう育成に入っているんだっけ？」

「はいです、『シュヴァルツヴァルト』は手強い敵が多くて、修練には持ってこいです」

「そう？　他の人が言うには結構大変みたいだけど……やっぱり雛菊はセンスが良いのかな。それで、どれくらい成長したのか見せてもらっていいかな？」

「はいです、お師匠！」

◇◆◇

・補助スキル
戦闘技能　42/100
抜刀術　　48/100

合計　866/1200
生産　27/100

■特性
『蒼炎』
『夜目』

PC　name：雛菊
種族：銀狐族
所属ギルド：『ルアシェイア』

■基本能力（ベーススキル）
HP：1700
MP：225
生命力《VIT》：75/100（－10）
精神力《MND》：35/100（0）
筋力　《STR》：71/100（＋10）
魔力　《MAG》：38/100（＋10）

■所持スキル
・マスタリースキル
両手武器マスタリー　75/100
アーマーマスタリー　51/100

・ウェポンスキル/マジックスキル
両手剣　　60/100　（■：成長停止）
刀　　　　52/100
強化魔法　42/100

・生産スキル
分解　15/100
鍛冶　12/100

・日常スキル
落下耐性　42/100
瞑想　　　15/100
疾走　　　56/100
隠密　　　46/100
自然治癒　51/100
観察眼　　32/100
起死回生　35/100

「うわ、刀スキル、もうすごく熟練度が上がっている……⁉」

「えへへ、頑張りましたです」

「この、抜刀術っていうのは？」

「はいです、これは刀を鞘に納めた状態からの初撃に限ってダメージボーナスが入るです。刀の戦技の一部にはこれとの複合スキルがあるから、切っても切れない関係のスキルになりますです」

「ははぁ、なるほど……あとは、オーソドックスな前衛アタッカーって感じだね。私たちの中では一番に一点特化な内容だから、とても分かりやすい構成だね」

「はいです。多分ですが枠はこのままだと少し余裕がありますから、何を追加するかは追々考えますです。私たちのギルド唯一の純前衛として、頑張るですよ！」

「それで……雛菊もレア種族『銀狐』だけど、目玉は固有スキル『蒼炎』だね。他にマイナス効果のデメリットがあるようなものは無いみたいだけど」

「ところが、この蒼炎自体がデメリットみたいなものなのです。発動中はずっと自動回復停止のまま継続ダメージを受けますです」

「それは……確かに痛いね」

「おまけにＨＰに関連するＶＩＴもマイナス補正がつくから、多分クリムお姉さんが期待したようなタンク職には向いていません。ごめんなさいです……」

「いや、大丈夫。そもそもこのゲーム、純タンクはエンドコンテンツのレイドボスとかでもなければ、あまり必須でもないと思うよ」

「そうなのですか？」

「うん、特にＰｖＰではね。例えば、盾を叩いて大きな音を出すことでエネミーを引きつける、戦闘技能10で取得する代表的な挑発技『タウント』だけど、ＮＰＣのエネミーと違ってヘイト値が存在しない対人戦では意味が無いよね」

「あ……確かに」

「そう、ターゲットを固定する手段が無いんだ、対人戦だとね。相手を自分のところに釘付《くぎづ》けにできるかは、いかに『自分を脅威に見せられるか』だよ」

「なるほど、そこでは前衛の技量次第なのですね」

「一方で、戦闘技能30で取得の『チェーンバインド』みたいに、自分を中心に相手の移動を制限する戦技は、遠隔ハメ対策にってことで遠距離攻撃持ちが多いエネミーには効果薄だけど、逆に対人戦では有効だよね」

「師匠の『スレイヴチェイン』もそうですね」

「うん、そうそう。覚えていて偉い偉い」

「えへへ……」

「それで、雛菊。雛菊は、戦闘中嫌だなって思う状況はどんな時？」

「それは……複数人から攻撃されている時です？」

「そうだね。特に、前衛の相手をしている時に後衛に横槍《よこやり》を入れられるのが本当に厄介だと思う。この前のプレイヤーキラーキラーとの戦いみたいにね」

「プレイヤーキラー……ＰＫはコロス……慈悲は無い……赤ネームはしねなのです……」

「居ないから落ち着いて。ぎ、逆に戦いやすいのは？」

「はっ……そ、そうです、後衛の人たちから援護がいっぱい貰えた時です！」

「うんうん。じゃあ、そんな状況を作るにはどうしたら良い？」

「相手の後衛が好きに動けない状況を作って、その隙に援護を貰うです……あ」

「そう、そのためには後衛の人たちに、相手の後衛の行動を邪魔してもらわないといけない。だけど、それだと……」

「相手の後衛も同じことをしてくるです……」

「そう。前衛は、後衛が安心して仕事に専念できるように相手の前衛を抑える。後衛は、前衛が抑えに集中できるように相手の後衛を抑える。この均衡を崩さないと、自分たちの優勢に持っていくことができないのだけれども……」

「だけれども？」

「雛菊は、めちゃくちゃ硬いけど攻撃力が低い前衛と、めちゃくちゃ攻撃が痛いけどすっごく紙装甲な前衛、二人いたらどっち狙う？」

「それはもちろん柔らかいほう……あっ」

「そう。自分はガチガチに硬いけど攻撃能力と機動性が無いっていう、いわゆる『ガチタン』ってやつだね……正直、このゲームだとあまり怖くないんだよね。状況によるけど、基本的には狙う意味もあまり無いし」

「無視すれば良いだけです……」

「そう、ターゲット固定がないからね。このゲームって後衛も自由にＨＰや防御力を盛れるし案外耐えるから、ちょっとくらいなら硬いやつを無視してでも他の誰か一人を落として、数の優勢を確保したほうが良いんだよね……少なくとも現時点では。環境が変わる可能性はあるけどね」

「なるほど、それがさっきの『純タンクは必須じゃない』なのですね（あと、やっぱりクリティカルをポンポン出しているお師匠がおかしいと私思うのです）」

「そういうこと。紙装甲でも、かわすなりいなすなりして攻撃を受けなければ平気だし。『当たらなければどうということはない！』だよ」

「えーと……頑張って精進しますです（でもそれは、お師匠だけだと思うですよ）」


「……と、いうわけで。ちょっと授業っぽくなってごめんね？」

「いえ、勉強になりましたです」

「あと……あくまでも、大抵の場合では、だからね。何が有利で何が不利かは、戦場によるから絶対は無いよ」

「はい、肝に銘じますです！」

第二章　泉霧郷ネーブル争乱

1　帰還

「や、やっとついた……」
「お師匠、ここまで遠いとは聞いてなかったです……」
「はは、二人ともお疲れさま」

森を……クリムにとっては懐かしさすら感じる『黒の森《シュヴァルツヴァルト》』を抜けた高台。そこで、クリムは疲れ切った様子の雛菊《ひなぎく》とリコリス、年少者二人を労《ねぎら》う。

鬼鳴峠《きめいとうげ》で雛菊の刀スキルを習得した後は鬼人《オーガ》族の里で一泊させてもらい、その翌日。ようやくクリムは、この町へと帰ってきた。

雛菊とリコリスの新たに習得したスキルの修練をしながらの進行だったため、すっかり陽が傾き始める時間になってしまったが……その甲斐《かい》あって、二人のスキルも最低限の戦闘には十分に耐え得るものにできた。

「しかしまぁ、よくお前はこんな遠くでソロプレイなんてやってたもんだ」

「エネミー強かった……減りが早くて、回復魔法みんなに回すの大変だったよ……」

呆《あき》れたようなフレイと、ここまでの皆の治療で真っ白になっているフレイヤに苦笑しながら、クリムは振り返る。そして……。

「……皆、ようこそ『泉霧郷《せんむきょう》ネーブル』へ！」

そう、満面の笑顔で皆を歓迎するのだった。

◇

——ギルド結成の日から、早くも一週間近く経過していた。

今朝方、『エリアマスター登録システム』解放のアナウンスが流れ、プレイヤーが領地を取得できるようになった。手が早いギルドはすでに、あちこちで行動を開始していた。

これまで白紙だった世界地図が、次々と誰かの支配下へと飲み込まれていき、停滞していた勢力図が分単位で目まぐるしく変わっていくこの世界。

そんな中、クリムとクリムのギルド『ルアシェイア』は幾つものエリアを越えて、『泉霧郷ネーブル』へと誰一人として欠けること無くたどり着いたのだった。

「ここに、クリムちゃんの建てたお家《うち》があるの？」

「うん、そろそろ完成しているはずだけど……」

そう言って高台から見下ろすと、目的の建物の屋根はすぐに見つかった。


――良かった、完成しているみたいだ！


気が逸《はや》り、駆け出したくなる気持ちを抑え込んで皆の先導をする。

「本当に良かったのか？　お前一人で建てた家だろうに、僕たち『ルアシェイア』のギルドホームにして」

「もちろん。皆で一つ屋根の下で、共同生活っていうのも楽しそうじゃない？」

フレイヤとフレイの疑問に対して、ニコニコと嬉《うれ》しそうに答えるクリムだったが。

「……分かっているんだが、その見た目で笑顔だと破壊力があるな」

「……ん？　フレイ、どうかした？」

「いや……発射まであと三秒くらいかなと思ってな」

「え、それってどういう――」

フレイの意味深長な発言に首を傾《かし》げた、まさにその瞬間。

「クリムちゃあああん、私も楽しみだよー‼」

「モガッ⁉」

「一緒にお料理とか、昔みたいにお風呂で洗いっことかしようねぇ‼」

「い……いやそれは……さすがに問題が……ぐぇ……」

クリムの幸せそうな笑顔に誘われて飛び込んできた発射体《フレイヤ》、その柔らかな弾頭に直撃し埋まってしまったクリムは……その後、窒息のバッドステータスを受けるまでフレイヤに可愛《かわい》がられ続けるのだった。


「はぁ……また死ぬかと思った」

「うう、ごめんねー」

「いや、もういいよ。それより、早く家を見に……」


——と、歩き始めた時だった。


今クリムたちが下っている坂を逆走するように、勢いよく駆け上がってくる小さな人影と、それを見守っているもう一つの人影が接近してきている。

「あ、あれは……」

「女の子だよね、まっすぐこっちに向かってきているみたいだけど、クリムちゃんの知り合い？」

「うん、あの子はこの町で仲良くなった家の……」

そう解説している間も、ぐんぐんと近寄ってくる少女。速度を緩める様子が無いのを見て、やれやれ、またかとクリムが僅かに腰を落とし、身構える。

「お姉ちゃん、おかえり！」

「ジュナ！　久しぶり、元気にしていたかな？」

力いっぱい飛び込んできた小さなジュナの体を、うまく勢いを殺して受け止める。

そのまま一回転して完全に勢いを殺すと、そっと地面に下ろす。

「……その、なんだ。クリム、おかえり」

「うん、ジョージも。ただいま、変わりなかった？」

「ああ。そのことで親父《おやじ》からお前に話があるそうで、帰ってきたら町長の家に呼んで欲しいってさ。急ぎじゃないから明日で構わないそうだけど」

「そう、分かった。後で行ってみるね」

「ああ。それで……」

ジョージが、チラチラとクリムの背後、『ルアシェイア』のメンバーたちを見る。

それは、見知らぬ集団に対する警戒から来るものだが……その一方で、リコリスの体の一部、機械部分に向ける目などは年相応に輝いていた。

そんな少年の視線に、人見知りの彼女はビクッと肩を震わせて、雛菊の背後に隠れてしまうのだった。

——わかるよ、あの子のメカ部分、かっこいいもんね。

少年の憧れに微笑《ほほえ》ましいものを感じつつも、このままではちょっとリコリスが可哀想《かわいそう》かな、と心を鬼にする。

「こらジョージ、あまり女の子をじろじろ見ない」

「あ、わ、悪い……こいつらが、お前が迎えに行くって言っていた仲間たちか？」

「うん、ジョージもジュナも、仲良くしてあげてね？」

「はーい！」

クリムの頼みに、ジュナは元気よく返事をする。一方でジョージはと言うと。

「言っておくけど、この町で変なことをしたら、俺が叩《たた》き出《だ》してやるからな！」

そう、相変わらず素直ではないことを言う少年に、皆、少しだけ苦笑するのだった。

クリムの家までの道中、人見知りしないジュナはすぐさま年の近い雛菊とリコリスの所へ行き、二人に町の外の話をせがんで困らせていた。

そんな様子を他の皆は温かく見守っていると、すぐに、目的地へ辿《たど》り着《つ》く。

「これが……私たちの家」

すっかり廃虚の面影が無くなり立派な姿となった、この湖畔の家。

材料に使われている『黒の森』の木材特有の、やや暗い赤色のログハウスの外壁。

さすがは資産家の男が基礎を作らせただけあって、六人で暮らす分には十分な余裕があるであろう、かなり広い二階建ての建築。

また、家の外は草が刈りとられて石も避けられて、広々とした庭が広がっていた。

ご丁寧にもその隅の一角には、すでに耕され、畝《うね》が作られた畑まで。


——自分たちの家。


そんな言葉にワクワクする気持ちを抑えきれぬまま、皆で中へと入る。

「うわ、すごいです、リビング広いです！」

驚きの声を上げたのは、たまたまクリムのすぐ後ろを歩いていた雛菊。

入ってすぐ、玄関ホール兼リビング。吹き抜けになっており、リビング端の階段から上がれる二階にある、各個室のドアが見える。

「ああ、これなら皆で腰掛けられる椅子とテーブルを用意して、会議なんかもできそうだ」

フレイが冷静に周囲を見渡してそう評価する一方で、クリムとフレイヤ、そしてリコリスは、周囲のドアを開けてみる。

最初のドアを開いたその先にあったのは……脱衣所と、木で組まれた浴槽の姿。どうやらここは風呂場らしい。

「お風呂も、広いですね……」

「うん……三人くらいなら一緒に入れそう？」

「あ、じゃあクリムちゃん、昔みたいに一緒に入る？」

「入らないからね⁉」

素面《しらふ》のままとんでもないことを言い出したフレイヤに、真っ赤になって拒否するクリムなのだった。

――そうして、一通り家の中を確認した後。

「さて、無事にギルドホームが出来たことだし、今後について相談をしよう」

フレイがリビングに集まった皆へとそう言って、会議を始めようと提案する。

「議題は……」

「はいはいはい、この町のエリアマスターになるにはどうするか！」

挙手して議題を挙げるクリムに、フレイも頷《うなず》く。

「そうだ。特殊な条件があるものも存在するみたいだけど、主なエリア獲得手段は二つだ」

何だと思う、と問い掛けるフレイの視線を受けて、まずは雛菊が元気に、続いてリコリスが控えめに挙手をする。

「はい、一つは町の人たちから信頼を得て、お願いされることです！」

「もう一つは、武力による掠奪《りゃくだつ》、なの」

二人がそれぞれ語った回答に、フレイは満足げに頷く。

「当然だけど、後者は却下だ」

フレイの言葉に、この場の皆が満場一致で頷く。元々、この場に集まった誰もが掠奪や制圧という方法は選択肢に入れてすらいない。

「と、いうわけで。どうしたら町の人たちの信頼を得て譲渡してもらえるか、だな。雛菊ちゃん、リコリスちゃん、君たちならどうする？」

「定番だと、町の人たちのお願いを聞く、ですか？」

「クエストを回すのですね！」

「うん、そうだね。というわけで詳しい条件が分かるまでは、とにかく皆でひたすら町の人からクエストを受けて、信頼を稼ごうと……」

「待った、フレイ。何か聞こえる」

結論を述べようとしたフレイの言葉を遮って、クリムが外の音に耳を澄ましながら発言する。

「これは、鐘の音なのです」

「敵襲、なの！」

雛菊とリコリスが驚いた顔をした次の瞬間――クリムたちの眼前に表示されていたＵＩが、誰かがこのエリアを武力で制圧するための獲得戦を開始したことを示す警戒色へと染まったのだった。

2　ネーブル襲撃

いつのまにか太陽も半ば沈み、まるで燃えるような夕焼けの中。

各家々で夕食の支度をする香りがあちこちから漂っており、平和な時間が流れていたはずのネーブルの町に、最大級の緊急事態を伝える警鐘が鳴り響く。

音を聞きつけて、慌ててギルドホームから飛び出してきたクリムたち。

その中でもいち早く外に出て『ワイヤーアンカー』の魔機術を用い、ひらりとホームの屋根へ飛び乗ったリコリスが、悲鳴のような声で状況をクリムたちに伝える。

「クリムお姉ちゃん、『黒の森』から町の入り口に向かって、モンスターが！」

「なんだって⁉」

リコリスからの報告に、クリムも慌ててホームの屋根に飛び乗って、入り口の方へと目を凝らす。

そこでは……以前リュウノスケを襲っていた『ダークハウンド』などをはじめとした攻撃的な魔獣たちが、次々と町の外縁部、畑が広がる地帯の中へと雪崩《なだ》れ込《こ》んできているところだった。

「だけどこんな、なんで色々な種類の魔獣が一気に町の中に入り込んでくるんだ」

「あ、あそこで人が追われているの！」

「追われて……いや、違う、あれは！」

ノームや融機種にデフォルトで搭載されているという望遠機能で、いち早く異常を発見し指差してくるリコリス。その先には、追われているというよりは適度にちょっかいを出して追わせている、一人の人物の姿が見えた。

意図的にモンスタートレインの状態を作って町の中へとやってきた、それはつまり。

「……くそ、やられた、モンスターＰＫ《プレイヤーキル》か！」

しかも、追われている男には見覚えがある。以前『カレウレルム高原』で襲ってきて、雛菊に撃退されたドラゴニュートだ。

そして……魔獣たちが走り去った入り口を越えて、ずかずかと畑に踏み込んでくる集団。以前交戦したバンダナの男を筆頭に、以前よりさらに人員が増えたその集団は……やはり間違いなく、あの時のプレイヤーキラー集団だ。

「くそ、尾行されていたのか！」

「ど、どうしよう、向こうは二手に分かれて展開しているよ⁉」

フレイヤの指摘したとおり、魔獣に追われている男は、町の西側へと逃げている。

一方で、その魔獣たちにターゲットされていないプレイヤーキラーの主力たちは、それとは真逆、東側……ルドガーの薬屋の方へ向けて移動を開始していた。

相手の数はこちらよりずっと多く、しかも展開範囲が広すぎる。

どうすればいいかを必死に考えるクリムに、フレイから即座に指示が飛ぶ。

「クリム、お前はすぐに東に回ってジュナちゃん達《たち》を助けに行くんだ！」

「フレイ⁉」

だがそれではほかの皆が、最大戦力であるクリムを除くメンバーで多数のプレイヤーキラーを相手取ることになる。ただでさえ前衛不足の『ルアシェイア』でそれは、とクリムは躊躇《ためら》うが。

「お前は僕らの中で一番足が速いし、土地勘もある、先に行ってプレイヤーキラーたちを抑えておいてくれ。僕たちは町に入り込んだモンスターたちをなるべく早く処理してからそっちに向かう……僕らだって強くなった、信じてくれ！」

フレイの力強い言葉にハッとしたクリムは、頷いて躊躇いを断ち切る。

「……任せた！」

「ああ、任された！」

フレイの返事を聞き終わるよりも早く、クリムは屋根から飛び降りて、町の東部、すっかり慣れたルドガー家へと疾走を始めるのだった。

◇

——速く、もっと速く！


祈るように念じながら、クリムは以前に『黒の森』にてジョージを追いかけて最強の魔獣の住処《すみか》へと駆け抜けた時のように、己が限界ギリギリまで必死に速度を上げる。

クリムが一歩踏み出すたびに、舗装路は砕けて吹き飛び、未舗装路は抉《えぐ》られ土埃《つちぼこり》が宙を舞う。

一筋の閃光《せんこう》となってネーブルの町を横断し、見えてきたルドガー邸の前では……すでに、プレイヤーキラーの先鋒《せんぽう》が先に到達してしまっていた。

「お兄ちゃん、お父さん……！」

「な、何なんだよお前ら！」

「やめろ、子供たちには手を出すな！」

逃げようとして、しかし間に合わなかったのだろう。

恐怖に蹲《うずくま》るジュナを庇《かば》うように、その小さな身体《からだ》に覆《おお》い被《かぶ》さり襲撃者を睨《にら》みつけるジョージ。

我が子二人を背に庇うように立ち塞がるルドガー。

その光景にクリムの頭が一瞬沸騰しかけるも、すぐに一手間違えたら全てが手遅れとなる状況だと無理矢理に頭をクールダウンして、次に行うべき事を必死に考える。

すでに二人の前にはプレイヤーキラーの一人が居て、見せつける様にゆっくりと手にした剣を振りかぶる。

「へえ、親子愛って奴《やつ》？　ＮＰＣのくせに泣かせるじゃねぇか……なら死ね！」

チラッとクリムの方を確認した男が、今にも剣を振り下ろさんと腕に力を込めたのが見えた。

極度の集中により、まるで周囲を俯瞰《ふかん》するかのように広がる視界と、加速する思考。

このまま走っては間に合わない。ならば間に合わせるにはもはや、隙を晒《さら》すのを覚悟の上で突進系戦技《アーツ》を使うしかない。

「――『神威《かむい》』！」

即座に判断を下したクリムが短剣を振りかぶり、『神威』の始動モーションを取る。

ただちに戦技が立ち上がり、クリムの体が急加速を始めた。

だがプレイヤーキラーたちの一人、以前に高原で戦った時にも居たワービーストの少年がクリムの進路を塞ごうと立ち塞がる。

「邪魔をするな……ッ！」

一度発動してしまった『神威』は、もはや大きな進路変更はできない。

それでも許されている限界の微妙な進路変更により、クリムは予想外のスピードで迫る少女の姿に驚き硬直しているワービーストの少年に肉薄すると、すれ違いざまに首を刈り取る。

クリティカル判定が下され、断末魔すら上げられずに残光に還《かえ》る少年。

だが、『神威』はここで止まってしまった。

クリムの意思に反し、戦技の硬直時間に囚《とら》われかけて減速を始める身体。


——ダメだ、ここで止まるわけにはいかない！


本来であればこのまま一瞬の硬直状態に入ってしまうところだ。

そうなってしまえば、今まさにルドガーへと振り下ろされそうなプレイヤーキラーの凶刃はもう防げない。

ゆえにクリムは短剣を手放して、詠唱完了し発動待機状態にあった『シャドウ・ヘヴィウェポン』を起動する。


——それは、本当に偶然の出来事だった。

多少の無理をして軌道を歪《ゆが》め、短剣を振り切ったポーズで『神威』を終了したクリムの体勢は、たまたま偶然に、別の戦技を始動するモーションに類似していた。

本当にできると思ってそれを行った訳ではない。

ただがむしゃらに、間に合わせなければという必死の思いで動かした、本来であれば硬直に入るはずだった身体が……しかし硬直をキャンセルして、新たな戦技を起動した。

「――『ナハトアングリフ』‼」

「なあッ⁉」

ふたたび急加速したクリムの身体。

まさか再度加速して突っ込んでくるとは思っていなかったのだろう、余裕たっぷり、クリムに見せつけるようにルドガーに向けて剣を振り下ろそうとしていた男の反応が、致命的に遅れた。

――大鎌の、突進系戦技『ナハトアングリフ』。

滑るようにＰＫの男とルドガーの間へと割り込んだクリムの、手にした漆黒の大鎌が閃《ひらめ》いて、ＰＫの男の手をすれ違いざまに斬り飛ばして宙へと舞わせる。

だが、偶発的な二度の戦技連続使用により、クリムの身体は今度こそ無防備な状態で硬直状態に入る。硬直そのものは一瞬だが、今はその一瞬が、あまりにも長く感じられる。

「なんか知らねぇが考えるよりまず撃て、奴は今隙だらけだ、仕留めろ！」

背後から駆け寄ってくる、プレイヤーキラーの一団。その先頭を率いていたバンダナの男が、驚《きょう》愕《がく》の表情のまま、それでも放った指示。


――くっ、判断が早い⁉


決して侮っていたわけではないが、すでに動き出しているプレイヤーキラーたちに、クリムが内心で悪態を吐く。

プレイヤーキラーたちの後衛から放たれたクロスボウのボルトと破壊魔法の火球。

敵ながらいい判断だと言わざるを得ない、今からクリムに出来る事はもはやほとんど無い。

背後にいるルドガーやジョージやジュナ、その他ネーブルの町人たちを守るには、身を盾にする以外に手段はないと覚悟を決めて、ようやく硬直が終わった身を起こした――その時だった。

「――やらせん！」

まるで雷でも落ちたような音と振動を立てて、突然クリムの眼前に大柄な影が飛び込んできた。

クリムに迫っていた攻撃が、彼の構えた大楯《おおたて》によって全て弾《はじ》かれる。

無数の攻撃に晒されながらもついには受け切り、ほぼ無傷だった大柄な青年は……。

「ギルド『北の氷河』のリューガー、これよりこの少女に加勢する！」

クリムの前にどっしりと立ち塞がったまま佩剣《はいけん》を抜き、大気をビリビリと震わせる大声でもって、プレイヤーキラーたちに宣言するのだった。

3　激昂《げっこう》のクリム

盾を構えたその人影が、クリムと、その背後にいるルドガーたちをはじめとした町の人々を守って、迫るプレイヤーキラーたちの攻撃を全て弾く。

予想外の出来事に唖然《あぜん》とするクリムやプレイヤーキラーたちの前で、乱入者は落ち着いた声で話しかけてきた。

「大丈夫か？」

「え、あ、あなたは？」

「また会ったな、鬼人族の里以来か」

他者を庇うための、『戦闘技能』スキルにある高速移動戦技『エアライド』。

それを使用して飛び込んできて、クリムや町の人たちを守ったのは……以前、鬼鳴峠の鬼人族の里で雛菊の刀スキル習得クエストを一緒に観戦していた大柄な青年だった。

更には……。

「さあ、ここは私たちが抑えます、皆様は今のうちに安全な場所へ避難を」

「あ……ああ、感謝する、クリム嬢ちゃんも。ジュナ、ジョージ、行くぞ」

ルドガーが恐怖で表情が強張《こわば》っているジョージとジュナを促して、三人が騎士風の装備を纏《まと》う女性に守られて、離れていく。

その光景にホッと安堵《あんど》の息を吐き……ようやく、周囲の状況を落ち着いて眺める。

いつのまにかクリムらの側で、町の住人たちを守るようにプレイヤーキラーと対峙《たいじ》しながら避難誘導をしているのは……やはり先程の青年と同じく、鬼鳴峠で相席したノームの女騎士だった。

「あらためて名乗りますね。私はギルド『北の氷河』所属、エルネスタですわ」

「同じく『北の氷河』のリューガーだ。俺たち二人は、この町の人たちを守らんとする君に助太刀する」

彼らの名乗り、その中に出てきたギルドの名前に、クリムは軽く驚く。

彼らが名乗った『北の氷河』……それは現在まだ未踏の地である大陸北部へと向けて遠征に出たという、現状最強と目されている武闘派ギルドの名前だったからだ。

名乗りを上げる二人の人物を前に、動揺するプレイヤーキラーたち。その中で真っ先に立ち直ったのはバンダナの男だった。

「糞《くそ》、クソッ、また俺たちの邪魔しやがるのかトカゲ野郎に人形女ぁ……！」

憎々しげに怨嗟《えんさ》の声を漏らすバンダナの男と、最大限の警戒を見せるプレイヤーキラーたち。

一方で加勢に来た二人も、話す事などないとばかりに剝《む》き出《だ》しの敵意を纏い、武器を構える。

双方の反応は、お互いが不倶戴天《ふぐたいてん》の敵と認識しているもので……クリムは、ハッとある一つの噂《うわさ》話《ばなし》を思い出す。

「あ、もしかして噂で聞いた、カレウレルム高原でPK集団から他の人を守って戦っていた人って」

「私たちの事みたいですわね、おかげで彼らには随分と恨まれていましてて」

再度町の人たちへと迫るクロスボウの第二射を、ハルバードを振るって易々《やすやす》と叩き落としながら、困ったものですと溜息《ためいき》を吐くノームの女騎士。その動きだけでも、リューガーという青年同様に彼女もただ者ではないと理解できる。

「それと……お前たちに忠告しておく」

「あなた方が援軍として待ち望んでいる『東海商事』の傭兵《ようへい》たちは、ここに来ませんよ」

「俺たち『北の氷河』本隊が、今頃森の中でエンカウントしているところだろう」

二人の言葉に、プレイヤーキラーたちが騒然となる。

一方で、クリムも初耳の出来事に、思わず二人へと食ってかかる。

「待って、なんでそこで大手商業ギルドの名前が出てきたの⁉」

そういった情報収集が得意なフレイが常に側にいたせいで、あまりゲーム内情勢に明るくないクリムも、流石《さすが》に現在最大手の商業ギルドの名前くらいは知っている。

だからこそ、これまで全く接点の無い大手ギルドの傭兵部隊がこの町に向かっていたなどという情報は、さすがに聞き流すわけにはいかない。

一方でリューガーの方は、真っ直《ます》ぐクリムの方を見つめながら、告げる。

「奴らの目的は、君だ」

「私たちに今回のことを密告してくださった方が教えてくださいました」

そう前置きしたリューガーとエルネスタから語られたのは、クリムたちの知らない場所で起きていた様々な出来事だった。


近日開催されるらしい暫定的なギルドの序列を決める大規模ＧｖＧ大会、優勝候補筆頭である彼ら『北の氷河』。

その中でも、現状全てのプレイヤー中最強と噂されるギルドマスター『ソールレオン』という名の剣士……先日、『無制限交流都市ヴァルハラント』にてクリムの前に乱入してきた、あの黒衣の男だ。

これまで圧倒的な技量で並み居る腕自慢を降《くだ》してきた彼に対抗するために、先日のヴァルハラントでの一戦にて彼と互角の戦いを繰り広げてみせたクリムのことを、彼らプレイヤーキラーたちの背後に居る大手商業・生産ギルド『東海商事』が己の手駒に加えようとした。

そして……彼らは、クリムの弱みとなるこの『泉霧郷ネーブル』を奪って支配エリアへと加え、町に暮らす人々の生殺与奪権を握り、人質としてクリムを自分たちのところへと引き入れようとしたのだ……と。

「そっか」

リューガーとエルネスタの二人が加わったことで、プレイヤーキラーたちとは睨み合いの膠着《こうちゃく》状態になっていた。

そんな中、彼らからもたらされた今回の襲撃についての顚末《てんまつ》を聞かされて……クリムはただひとつ、深くため息を吐きだした。

聞かされてみれば、本当にどうしようもない理由だ。

だが、だからこそ。

その話は——クリムの逆鱗《げきりん》に触れた。

「そんなくだらない理由で、この町を襲ったのか、お前ら」

ゾッとするほどに冷たい目で、プレイヤーキラーたちを睨むクリム。その眼力だけで、バンダナの男が一歩後退《あとずさ》り、背後に控えていた者達が慌てて武器をクリムへと向ける。

「な、なんだよその目は、マジになり過ぎじゃねえのか、これはゲームで、町の連中はＮＰＣだぞ?」

「まぁ、そうだよね。これはゲームで、彼らはＮＰＣ。その通りだよ」

ただの気配にビビって退いたのを誤魔化すように、捲《まく》し立《た》てるバンダナの男に、意外にも同意するような言葉を反芻《はんすう》するクリム。それを聞いて、微《かす》かにホッと表情を緩めたバンダナの男だったが、しかし。

「だから、何？」

そんな事は、クリムだって最初から今まで何度も何度も自問自答している。

そして、それでもクリムはこの町を守りたいと、あの『最強の魔獣』の一件で誓ったのだ。

故に、バンダナの男が発した言葉はただ、火に油を注いだだけ。

ジャリっと円形に足元の地面を掠《かす》めながら、クリムは重心を落とし、大鎌を両手で構える。

「さて……俺たちはどうすれば良い？」

「ここは、あなた方のホームですもの、指示に従いますわ」

二人の言葉に、クリムは頷き、指示を出す。

「リューガーさん、背後のクロスボウ持ちをお願いできますか」

「心得た」

「エルネスタさんは、町の人たちを守るのを最優先にお願いします」

「ええ、お任せくださいませ。これ以降、住人の方々には傷一つ負わせませんわ」

「連中は……俺がやる」

爛々《らんらん》と赤い瞳を光らせて、大勢のプレイヤーキラー相手に相対するクリム。

――あいつらは、許さない。


たとえ彼らの行動が、ゲームのルールとして認められているものだとしても。

ジュナを、ジョージを泣かせた。

ルドガーに、またも子供達を失うかもしれない恐怖を抱かせた。

あるいはクリムが間に合っていなければ、リューガーたちの救援が無ければ、誰かはこの世界から消えていたかもしれない。

それが可能なゲームであることは重々承知している、故にこれはクリムのエゴだ。

その強い衝動に呼応するように、クリムの全身からまたも湧き上がる赤く仄《ほの》かに輝く粒子。

眼前で起こっている未知の現象にざわつき、浮き足立つプレイヤーキラーたちに向けて……クリムは淡々と、告げる。

「お前たちは、今回ばかりは絶対に許さない」

そう宣言すると同時に――クリムは紅《あか》い粒子の軌跡を残し、ターゲットにしたバンダナの男目掛けて殺意全開で斬りかかるのだった。

4　二人の天才児

一方、すり鉢形になっているネーブルの町西部外縁、申し訳程度に外壁のある一角では、町の奥へと魔獣を誘導する囮《おとり》役を援護するべく、プレイヤーキラーたちの後衛職が数名身を潜めていた。

「……へぇ。気乗りしない仕事だと思ったけど、いいこともあるじゃないか」

チロっと舌舐《したな》めずりをしたプレイヤーキラーの一員、エルフのクロスボウ使いである女性が、嬉しそうな声を上げる。

彼女が見つめる下方、もうすぐ森から魔獣を引っ張ってきたPK仲間と、この町の衛兵……というには今ひとつ頼りない、おそらく自警団か何かの青年か……とが会敵するであろう、町の外周を囲む畑と住宅地が交じり合う場所。

そこへ増援として町の方から駆けつけてきたのは、以前、高原で交戦した際に辛酸を舐めさせられた、魔本を携えたエルフ男性の魔法使い。

だが今回、自分たちがいるのは遮蔽物がある高台だ、射程に劣る攻撃魔法で、まともに下から狙うことなど不可能に近い。

地形に勝る。

射程に勝る。

数に勝る。

これだけの条件が揃《そろ》い、負けるはずが無い、たとえ向こうがこの数日でどれだけスキルを鍛えていたとしても、自分たちの絶対的有利は揺るがない。

あらゆる面で、自分たちのほうが有利な条件だ。

そして今回は、絶対的不利をひっくり返してみせた悪魔のような白い少女は居ない。

つい先ほど、あの少女は仲間たちと別れて一人東へと向かったのも確認している。

まぁ……その分リーダーの方はご愁傷様だが、自分たちが楽をできるならば好都合というもの。

生憎《あいにく》と、自分たちは各々のエゴでつるんでいるだけであり、そこまで仲間意識が強い集団という訳ではないのだ。

「高原で戦った時の借りは返させてもらうよ、性格最悪の陰険眼鏡野郎」

あのいけすかない男を這《は》いつくばらせて、目の前であの眼鏡でも踏み砕いてから殺してやればきっとスッキリするに違いない——と、この瞬間まで彼女は思っていた。

そんな数分後の未来を確信している彼女は、今も澄ました顔で仲間へ指示を出しているあのエルフ男のお綺麗《きれい》な顔を吹き飛ばしてやるべく、伏せた体勢から地面に肘をついて上体を起こし、クロスボウを構えた……その時だった。

——チュン。


そんな小さい音が、ターゲットの眉間へと狙いを定めた彼女の耳を掠める。

何が、と考える暇もなかった。

ただ、次の瞬間に、視界を埋める様に舞う残光。

何だと思い振り返った彼女の隣には、同じ様に伏せ撃ちの姿勢で敵に狙いを付けているはずだったもう一人のクロスボウ使い、友人であるノームの少女の姿が、どこにも見当たらない。

では、先ほどの残光は。

「は、一体どこから……」

慌てて周囲に目を凝らすエルフのＰＫ。彼女が異常を発見したのはその直後だった。


——居た、あいつだ！

二階建ての民家の屋根から伸びる煙突、その陰に隠れてしゃがんでいた、ノームにしては妙に機械的な容貌を持つ、まだ幼さが残る少女。

その腕にはなぜか純白の長い棒のようなものが抱えられ、今まさにエルフたちが陣取る高台へと向けられようとしているところだった。

否、それは棒などではない。

長大な銃身を持つ銃だと理解した瞬間、彼女は全身が恐怖に粟立《あわだ》つ感覚のままに、側に控える仲間たちへと向けて慌てて警告を飛ばす。

「ちぃ、みんな気をつけな、連中の中に狙撃じゅ――」

だがしかし、咄嗟《とっさ》に仲間に向けて放った彼女の警告は、最後まで仲間へ届くことはなかった。

ぴたりと寸分違わず眉間へ向けられた銃口から、螺旋《らせん》を描く光弾が放たれたのが見えたと思った次の瞬間――彼女の意識は一度途絶え、ただ即死したことを告げる無情な【DESTROYED】の文字だけが、暗闇の中へと浮かび上がる。

こうして、その場にまた一人分の残光が無情にも舞い散った。

この一戦、彼女たちにとっては負けるはずがない一戦――の、はずだった。

しかしたった一人、彼女たちの想定していなかった者の存在によってこの瞬間、その思惑は根底から完膚なきまでに崩れ去ったのだった。

◇

『フレイさん、町の入り口高台に潜んでいたクロスボウ使い二人、始末しましたの』

「うん、僕の方からも敵の残光を確認したよ。リコリスちゃんはこのまま、なるべく安全を優先しながら敵遠隔攻撃持ちの撃退をお願い」

『は、はい、頑張ります！』

褒められて嬉しそうな声色を残し、今しがた民家の屋根上に陣取って敵後衛を狙撃してくれたリコリスが、通信を切る。

一方でフレイは彼女からの報告を聞いて、深く安堵の息を吐き出す。

結果だけ見れば簡単に成功したように見えるリコリスの狙撃だが、彼我の距離は優に五百メートルを超える。敵クロスボウ使いのどちらかに当たれば万々歳、どちらも外して泥沼の戦闘になる可能性の方が遥《はる》かに高い、そんな距離だったのだ。

彼女は……フレイの目から見ても、舌を巻く精度の狙撃手だ。

フレイは、クリムもＦＰＳを嗜《たしな》み相当な実力者であると知っているが、こと狙撃に関して言えば、あのおどおどとした機械種族の少女はそのクリムをも凌《しの》ぐ腕を持っているだろう。

「まったく雛菊ちゃんといい、リコリスちゃんといい、末恐ろしいな。やっぱり天才の周りには天才が集まってくるのか？」

仲間の弩《いしゆみ》使いたちがやられ、パニックを起こして立ち上がった敵魔法使いがまた一人、彼方《かなた》から飛来する光弾に頭を貫かれ、残光となって消えた。

これで三連続ヘッドショット成功、もはや彼女の腕を運や偶然と言える者は居ないだろう。在野にこのような逸材が無名で転がっていたなど、奇跡も良《い》いところだ。

一方で下の方へと目を向ければ……そこでもまた、信じがたい光景が繰り広げられていた。


勇敢にも魔獣の群れへ飛び込んだ雛菊は、なすりつけられた大量の魔獣など眼中に無いとばかりに、一直線にプレイヤーキラーの懐へと飛び込み、斬る。

当然、斬られて残光へと還ったプレイヤーキラーがここまで保持してきた魔物たちのターゲットは雛菊へと移るが、しかし彼女は迫るその魔物の集団を無視して、また別の魔物を引き連れて逃げて来たプレイヤーキラーへと躍り掛かる。

その爛々と輝く目の先に居たのは……以前に彼女がカレウレルム高原にて交戦した、ドラゴニュートの男。

クリムを彷彿《ほうふつ》とさせる鋭い踏み込みにより、相手に反応すらさせず懐へと飛び込んだ雛菊が、納刀状態で腰に構えていた刀を、抜く。

――キンッ、と夜の町に響く、澄んだ抜刀の音。

ドラゴニュートの男の脇をすり抜けるようにして通り過ぎた雛菊の、残心の姿勢を取ったその手には、剣匠マ＝トゥの工房で買い受けた無銘の妖刀。

そのまま雛菊は血を払うように妖刀を振るうと、チン、と再び鞘《さや》に刀を納める。直後、ドラゴニュートの男の体が、腰を境目にズレた。

「がっ……そんな、たったの数日で、こんなに強――」

一瞬の交差で、抜刀と共に放たれた雛菊の刀はドラゴニュートの上半身と下半身を真っ二つに分断していた。

無情なクリティカル判定を受け、驚愕の表情のまま残光となって散るドラゴニュートの男。

直後、彼を追っていた『ダークハウンド』たちはそのターゲットを最も近くにいた雛菊へと移す。

だがそんな状況にもかかわらず、雛菊はすぐに次のプレイヤーキラーへ若干ホラーじみた動きでぐりんと振り返ると、再び駆け出す。ターゲットにされたワービーストの猫耳少女が「ヒッ」と小さく悲鳴を上げるのが聞こえた。

そこからは、阿鼻叫喚《あびきょうかん》だった。

無謀にも見える行為を繰り返し、魔獣の集団のターゲットを引き付けながらも、魔獣を誘導し終えて背を向けて逃げようとしたプレイヤーキラーたちへと飛び掛かり、嬉々《きき》として首を狩って回る雛菊の姿。

当然、そんなことをすれば魔獣のターゲットになるだろう。すでに彼女が引き受けている魔獣のターゲットは、優に三十を超えた。

それは一見、ただプレイヤーキラーを狩るという昏《くら》い情動に突き動かされるバーサーカーのように見えるだろう。

だが、雛菊はあれで冷静なのだ。そしてあの幼い少女は末恐ろしいことに、戦況を読み戦術を考えるセンスまで備えている。

現に今も彼女は一人一人プレイヤーキラーたちを順番に潰しながら、しかしモンスターをうまく誘導して一塊の集団へと変えている。

「眼鏡のお兄さん！」

「よくやった雛菊ちゃん！」

雛菊の思惑を初動の段階から察知していたフレイは、彼女からの合図を受けてこれまで編み上げてきた長大な詠唱の魔法を解き放つ。

直後、フレイが魔法を発動する準備に入ったのをチラッと見届けた雛菊は、最後の仕上げとばかりにモンスタートレインを引き連れて、町の内外を繋《つな》ぐ真っ直ぐな道を、魔獣たちを背後に従えたままフレイの方に向けて駆けてくる。

この瞬間……ほぼ全ての町へと入り込んだ魔獣が、フレイの眼前で一直線に集まった。

「――其《そ》は雷霆《らいてい》を統べる全天の主の剣、出《い》でよ、『ライトニングソード』……ッ!!」

完璧にタイミングを計って放たれたのは、夜を朝に変えてしまうほどに眩《まばゆ》い雷霆の剣。

詠唱時間が長く、燃費は劣悪。ただし直線広範囲に強力無比なダメージを与える、破壊魔法屈指の範囲殲滅《せんめつ》用魔法。

仲間を巻き込むフレンドリーファイアの可能性が高く取り回しの悪いその魔法は、しかし雛菊がフレイのすぐ脇をすり抜けた直後にその効果を遺憾無く発揮して、少女を追いかけていた無数の魔物たちを飲み込んで……消えた。

苦労して森から連れてきたモンスターＰＫ用の魔獣たちが、たった一射の魔法にて壊滅した。

その光景に動揺したのか、プレイヤーキラーたちの行動が浮き足だったものへと変化する。

「……よし、連中が森から引き連れてきた魔獣の大半は片付いたな。お疲れ様だね雛菊ちゃん、いい誘導だったよ」

「えへへ……でも、まだＰＫさんたちは残っているのです」

「ああ、向こうは作戦失敗して混乱中だ、立ち直る前に全て片付けよう」

「はいです、雛菊、プレイヤーキラーさんたちを殲滅してきますです！」

危険な光を目に宿して嬉々として駆け出した雛菊に、なんだかなぁと肩をすくめながら、フレイは自分のことを攻撃から守るために待機中だった姉にも指示を飛ばす。

「フレイヤはまだ逃げ遅れている町の人たちの避難誘導と治療だ。極力、お前のスキル構成は敵の目には触れさせないまま終わらせるぞ」

今後ギルド対抗戦の大きな大会が控えており、クリムの性格ならばきっと参加したがるだろうと予想しているフレイは、この状況でもなるべく手札を晒さない事を考えていた。だが……。

「分かっているとは思うが、いざというときは住民の安全を最優先にな」

「うん、大丈夫。私が町のみんなを絶対に守るよ。だって……クリムちゃんの大切な場所、だもんね」

そう言って、フレイヤはこんなときでもマイペースな様子で、迫っていた魔獣たちの脅威が突然なくなったことに驚き呆然《ぼうぜん》と佇《たたず》んでいた自警団の男たちへと声を掛けていく。

「もし怪我《けが》をして動けない人が居たら、私が治療するから言ってね。女性と子供を優先に、みんな逸《はぐ》れずに湖畔のログハウスまで避難するよ。大丈夫、敵はきっとフレイやみんながすぐなんとかしてくれるから！」

フレイヤの避難を呼びかける声に、慌てふためいていた町の人たちも落ち着きを取り戻し、粛々と指示に従って避難を始める。

我が姉ながら、あの周囲の人を安心させる手腕は才能だよなと苦笑し、しかしすぐに気を引き締める。

「それじゃあ……姉の期待通り、すぐになんとかしてやらないとな」

目標は、町の人たちの安全の確保と、町に入り込んだプレイヤーキラーたちの全排除。

困難なミッションかもしれないが、こちらの手札は幸いにも、少ないながらも全て最上級が揃っている。縛りプレイとしてはむしろ温《ぬる》いくらいだ。

ならば狙うならパーフェクトだよなと口角を上げ、フレイも雛菊を追いかけながら、新たな魔法を紡ぎ始めるのだった。

5　首狩り赤騎士

フレイたちの奮戦の一方で、町の東部でＰＫたちと対峙するクリムの方では。

「来るぞ……囲んで一人ずつぶっ殺せ！」

辛《かろ》うじてクリムの初撃を回避し後退したバンダナの男が、額に冷や汗を浮かべながらも、数の有利を活《い》かすべく各個撃破の指示を出す。

後方で遠隔武器持ちと交戦を始めたリューガーや、後方で町の人たちを避難誘導しているエルネスタを後回しにして、突出して戦場の中心へと飛び込んだクリムを囲むように動き出したプレイヤーキラーたち。

そのプレイヤーキラーたちの後方、リーダーらしきバンダナの男をターゲットに定めて歩き出したクリムの間に、がっしりとした体格のドラゴニュートの女戦士が無言で割り込んでくる。彼女は手にした両手斧《りょうておの》をクリムへと向けて振り下ろす、が。

「ひゃ……きゃあ⁉」

クリムは大鎌の反対側、石突きで振り下ろされたドラゴニュートの女が持つ斧を叩き、僅かに軌道を逸らして空振りさせると、返す刀で隙だらけとなった胴体を横一文字に両断する。彼女は、そのワイルドな風貌とは裏腹に可愛らしい悲鳴を上げながら、残光となって散った。

直後、残光となった仲間を尻目に、大振りで武器を振り切ったクリムの隙を逃がさないとばかりに飛び掛かってきたバンダナの男。

しかしクリムは体勢を立て直すどころかさらに回転を早めると、遠心力を乗せて振り返りざまに斬り払う。

「なぁ⁉」

予想していたのとは反対側から迫る斬撃に、慌てて防御体勢を取り辛うじて剣で防いだバンダナの男だったが、しかしその衝撃により大きく吹き飛ばされ、どうにか転倒せずに着地する。

「な、なんだこの力、前戦ったときはこんな……」

記憶とまるで違うクリムの身体能力に、バンダナの男は驚愕して目を見開くが、すぐに、その闇夜に赤く輝く瞳を見てハッと気付く。

「そうかテメェ吸血鬼だったなぁ、前に戦った時は昼間だったから、ペナルティ食らって大幅に弱体化していたって事かよ！」

先日の戦闘は昼間、クリムは陽光下での戦闘だったために種族特性による弱体化を受けていた。

しかし夜である今の時間帯ならば、クリムを縛る陽光の枷《かせ》が存在しないため、本来のフルスペック状態だ。

結果、以前に高原で戦った時よりもかなりステータスが上がっていることに気付いたバンダナの男だったが、しかし怯《ひる》む様子は無い。それどころかいっそう調子付き、一気呵成《いっきかせい》に剣を振るう。

「は、今のテメェが本来の能力ってか、この脳筋バカが！　そんな大量に筋力にパラメーター振ってまともに動ける訳がねぇだろうが！」

勝ち誇ったように、彼はクリムに蔑みの言葉をぶつけながら、執拗《しつよう》に斬り掛かってくる。

この『Ｄｅｓｔｉｎｙ Ｕｎｃｈａｉｎ Ｏｎｌｉｎｅ』は、超プレイヤースキル重視のゲームだ。いくら馬鹿力があろうと制御できなければただの雑魚に過ぎない。

そして……筋力のステータスを上げれば上げるほど、現実の肉体と乖離《かいり》したアバターの身体能力を制御するのは困難となり、慣れるためには長い修練時間が必要になる。

「知らなかったみてぇだから教えてやるけどな、この世界じゃ筋力イコール身体能力なんだよ、最初にマックス１００ぜんぶ筋力に振ったバカがどうなったと思う、自分の身体を上手《うま》く使えなくてコケまくりだ、ありゃあ滑稽だったよなぁ！」

すぐに自らの身体能力によって振り回されキリキリ舞いとなり、血の海に沈む白い少女の姿を夢想しながら、苛烈に攻め立てるバンダナの男だったが……。

「……あ、なんだ、てめぇ？」

彼はすぐに、違和感に眉を顰《ひそ》める。

まるで打ち合っている手ごたえが感じられない。

男の攻撃は、全てクリムに紙一重で回避されている。

あるいは力をあらぬ方向へと流され、受け流されている。

クリムには己《おの》が身体能力に振り回されている様子など見当たらない。時に繊細に時に大胆に、リアルの身体とは段違いに高いはずの身体能力、その全てを完璧に御している。

理解が進むにつれて、バンダナの男の目は驚愕に見開かれていく。

「……って、オイオイ待てよテメェ、何のイカサマしてやがる、違法ツールでもキメてんのか⁉」

執拗にクリムに向けて振るわれるバンダナの男の剣は、しかしもはやクリムに触れることが全くできない。

次第に武器で弾くことすらされなくなり、ただ紙一重で回避され、全て空振りしているのだ。

更には加勢しようとクリムに向かってくるプレイヤーキラーたちもいたが……。

「ねぇ、邪魔しないで？」

「が、はっ……」

バンダナの男からの攻撃を躱《かわ》しながら片足でバランスをとり、まるでダンスでも踊るかのようにターンするクリム。

その右手で大鎌の石突き付近を保持したまま、回転を乗せて遠心力に任せ振るわれる大鎌。

予想外の距離まで伸びてきた攻撃に、最前列に居たせいで不幸にも最初のターゲットとなったプレイヤーキラーは反応ができなかった。

大鎌の柄が、最初に外野から飛び掛かってきたプレイヤーキラーの首を痛烈に打ち据えた。

次の瞬間――クリムは勢いよく大鎌の柄を引き寄せる。

断頭台の如《ごと》き巨大な刃が向かう先にあった男の首はひとたまりもなく刎《は》ねられ、冗談のように頭だけが宙に舞う。

だがクリムはその光景に一瞥《いちべつ》もくれず、まるでバトンでも扱うように鎌を柄の中間に添えた手の力だけで回転させると、返す刀でバンダナの男へと全身を使って斬り掛かる。

「ふ……ふざけんな、大鎌なんて見てくれだけのネタ武器に、俺が！」

予想外の動きで迫る刃をどうにか防ぎながら、バンダナの男は喚《わめ》き散らす。

普通に考えて、大鎌などという武器が、自分の体を動かして戦うフルダイブＶＲの世界でまともに役立つはずがない。

しかしクリムはそれを、遠心力を利用し器用にコントロールすることで見事に使いこなしている。

変則的な動きで振るわれる刃は次にどう来るかの予想が非常に困難で、むしろここまで致命傷を受けずに立っているバンダナの男はよく凌げていると言ってもいい。

「くそっ、クソがぁ、てめぇらもボーッと見てねぇで加勢しやがれ！」

バンダナの男が発した怒声に、周囲で唖然としていた者達が、慌ててクリムへと殺到する。

しかしクリムの半径三メートルほどの圏内に踏み込んだ瞬間、伸びてきた大鎌の一閃《いっせん》により冗談のように次々と首が舞い、残光が散る。

時に、想定外の長さまで伸びてくる、遠心力を乗せた大振りの斬撃に。

時に、鋭い踏み込みからの、コンパクトに繰り出される神速の斬撃に。

遠心力を巧みにコントロールし、柄を持つ位置を変化させることにより変幻自在に射程距離と性質を変えて繰り出される斬撃の嵐の中で、もはや逃げ惑うことしかできなくなったバンダナの男を残したまま、一人、また一人と残光となって散っていくプレイヤーキラーたち。

「何で全然当たらねえ、何で全部正確に避けられる、何だその正確なクリティカル狙いは……なんで完璧にコントロールしてやがるんだよぉ⁉」

「さっき何か偉そうなことを言っていたみたいだけど、ご高説は終わった？」

「う……うわぁああ⁉」

理解できないと喚き散らすバンダナの男に、クリムが感情を極限まで押し殺した冷たい一言を投げかける。

瞬間、男は全身を貫く嫌な予感に任せるままに、全ての矜持《きょうじ》をかなぐり捨てて、体勢が致命的に崩れるのも構わずに全力で後ろへと跳んだ。

その直感が、結果的には男を救う。なぜならば刹那の後、クリムの大鎌は男の首があった場所を薙《な》いでいたからだ。

目のすぐ前をかすめて刃が通り過ぎていったのを、尻餅をつきながら眺めていたバンダナの男が……ここにきて、ハッと何かに気付いたように顔を上げる。

「いや、テメェの戦い方には見覚えが……まさか」

だが、クリムはそのバンダナの男の話に興味などないとばかりに、その懐へと飛び込んでいた。

死神の如き歪《いびつ》な形をした漆黒の大鎌が、彼の首に掛かる。

「てめぇ、まさか、首狩り赤騎士――」

最後にそう喚こうとした直後――すれ違いざまに振りきられたクリムの大鎌が、正確にバンダナの男の首を刎ね、この日最後の残光を夜のネーブルに散らせたのだった。

シン……と静まり返る戦場跡。

見ればリューガーも敵後衛を全て斬り伏せたところであり、町の人の避難誘導を終えたエルネス夕も、いつのまにか戻ってきてクリムの戦闘を観戦していた。
「……見事な戦いだった」
「団長が貴女《あなた》に固執する訳ですわね」
苦笑しながら拍手する二人に、ようやく我に返ったクリムが、これまでの憑《つ》き物《もの》が落ちたような
スッキリとした笑顔を向ける。
「ありがとう、二人とも。町の人たちを助ける事ができたのは、あなたたちのおかげです」
「気にしないでくださいな、先程も言いましたが、これは私らの不始末でもありましたから」
「だとしても、わざわざこんな場所まで助けにきてくれたんですから、何かお礼をさせてくださ
い」
頭ひとつ分以上は背丈のある二人を見上げ、頑として譲らないクリム。
その姿に、エルネスタの方は何やらヒクッと顔を引《ひ》き攣《つ》らせ、衝動を抑えるかのように口元を手
で押さえて目線を逸らす。暗くてよく分からないが、なんだか頬が赤い気もする。
クリムは彼女の不思議な様子に首を傾げるも……しかし隣のリューガーが彼女の肩を軽くたたい
て下がらせてから、クリムに告げる。
「ならば、一つだけ礼を要求しようか」
彼はそう言って、エルネスタへと目配せする。彼女の方も頷き返すと、こほんとひとつ咳払《せきばら》いし
て、やや男っぽい声を作って要求を告げる。

「今度のギルドランク決定戦でまた会おう。楽しい勝負を期待させて貰《もら》おうか」

「……と、うちのギルマスは謝礼として要求するだろうな」

「ええ、あの人は生粋の戦闘狂ですからね。きっと言うに違いありません」

二人、微笑みを浮かべながら仲間のことを語る様子に、クリムもついつい笑いが漏れる。

「いいギルドなんですね、あなた達の仲間は」

「ああ。それに、君の仲間たちもな」

リューガーがふと何かに気づいたように、クリムへと町の西側を見るよう指差す。

そこには、自慢げに眼鏡の位置を直すフレイが、愛銃を胸に抱いて照れくさそうにはにかむリコリスが、可愛らしく胸を張る雛菊が、そしてクリムの姿を見つけて嬉しそうに駆け寄ってくるフレイヤが……皆、自分たちの仕事をやり遂げた顔をして、こちらへとやってくる。

「では、また会おう」

「次は戦場で、敵同士ですわね」

「うん、絶対に負けないよ」

そう言って拳をぶつけ合い、クリムはリューガーとエルネスタに背を向けて、仲間たちの方へと駆け出した。

——突然始まり、この静かな湖畔の町を震撼《しんかん》させたプレイヤーキラー襲撃事件は……こうして、町の人々には怪我人こそ多数出たものの、奇跡的に重傷者や死者を出す事なく終わりを告げたのだった。

第三章　湖畔の町の領主

1　エリアマスター就任

プレイヤーキラーたちの襲撃から、一夜明けた朝。

クリムはひと月前にこの町に到着して以来、初めて訪れた町長の家へと踏み入れる。

そこには……難しい顔をしているルドガーと、同じく深刻な表情で頭を突き合わせている老いた男性……このネーブルの町の町長の姿があった。

「おお、来たかクリム。昨夜のことは本当にありがとう、一度ならず二度までも家族みんなの命を救ってもらって、君にはなんと礼を言えばいいか……」

「いいえ、私はただルドガーさんやみんなが無事だっただけで本当に嬉《うれ》しいです。それで話というのは？」

「ああ……それは、町長のほうから話す」

そう言って、ルドガーはクリムを来客用の席に着かせると、同じ部屋で待っていたもう一人の人物、老いた男性に話すよう促す。

「まず、最初に……貴女《あなた》のおかげで、少なくとも町民に亡くなった者は居なかった。本当に、本当にありがとう」

深々と頭を下げる町長のお爺《じい》さん。亡くなった者は居ないというその言葉に、クリムもホッと安堵《あんど》の息を吐く。

「それで、クリム嬢よ……君は、最近各地で不穏な動きが再び広がっているというのはご存知かな？」

「えっと、それは、まあ……」

「たまに行商に来るものの話を聞いても、昨今はまた不穏な空気が流れるばかり。もしもまた戦争にでもなれば、このような僻地《へきち》でも、いつまた昨日みたいな事態に巻き込まれてしまうことか」

「だがクリムも知っての通り、この町には戦力も、戦場に立った経験がある者も少ない」

ルドガーのその言葉に、クリムも頷《うなず》く。

立地という天然の城塞こそあるものの、この町には堅牢《けんろう》な外壁も、屈強な兵も居ない。ひとたびここまで侵入されてしまえば、もはやそれまでだろう。

「話とは、他でもありません……昨夜のこともあり、町で自衛のための組織を作るということになったのですが」

「自衛組織ですか？」

「うむ……そしてクリム嬢に、そのトップに就いてほしいのです。貴女《あなた》であればもっと良《い》い仕官先も望めるであろう中、不躾《ぶしつけ》なお願いだとは重々承知しているのですが」

そこで言葉を区切り、ぐっと顔を顰《しか》める。その様子には、自らの土地のことを他の場所から来た少女に委ねなければならない悔しさのようなものが滲《にじ》んでいた。

「どうかこの町、私たちに力を貸していただきたい……どうか、私たちを助けていただきたい」

深々と頭を下げる町長。その言葉に対してのクリムの答えは、すでに決まっている。

「分かりました、顔を上げてください」

優しく告げると、顔を上げた町長にはっきりと頷いてみせる。

最初から、答えは決まっていた。

再び戦火が広がるであろうこの世界にて、彼らが安心して暮らせる平穏なこの町を守る。その決意は決して薄れずに、クリムの中に根付いていた。

「この町の人たちの生活……私、いや、私たち『ルアシェイア』が守ります、今度こそ必ず」

クリムは胸に手を当てて、もう一度はっきりと頷いてみせる。

そしてこの瞬間、この『Destiny Unchain Online』というゲームは本当のスタートを迎えたのだった——……。

【エリア『泉霧郷ネーブル』が、ギルド『ルアシェイア』の管轄下に入りました】

2　悪行の代償

──どうして、こうなったのか。

計画していた企てがすべてうまく運ばずに、這々《ほうほう》の体《てい》でカレウレルム高原へと戻ってきた銀刻《かねとき》は、失意のまま、何が悪かったのかを自問自答する。

プレイヤーキラーたちの報告を受け、『黒の森』を進攻していた彼とその麾下《きか》にある傭兵《ようへい》たちは、目的地である泉霧郷ネーブルの町を目前にして……北へと遠征に出たはずの『北の氷河』本隊と対面する羽目になった。

これが、せめてネーブルの町中であれば問題無かったのだ。エリア争奪戦ならば他のギルドを襲撃したとしても、システム上で一コンテンツとして認められている行為のため、レッドネームになることは無いのだから。

一方で『北の氷河』ギルドマスターであるソールレオンは、銀刻に対して「自分たちはＰＫ行為も辞さない、どのみちこの後は他のプレイヤーが居ない地を目指すからね」と、暗に自分たちを無視して素通りするならば撃破すると脅しの言葉を掛けてきた。

銀刻に付き従う『東海商事』のプレイヤーたちは、提示された報酬につられて集まった傭兵集団だ、利害関係が崩れたならばその関係は脆《もろ》い。

当然ながら、下手をすればプレイヤーキラーの誹《そし》りを受けることになってまで、勝ち目の薄い最強ギルドに挑む理由が、彼らには無い。

明らかに損しかしない状況に、傭兵たちは一人、また一人と今回の話は無かったことにして欲しいといって退去してしまい……結局、銀刻たち『東海商事』の本隊は交戦することもなく撤退せざるを得なくなってしまった。

一方で、増援を得られず散々な目に遭ったらしいプレイヤーキラーたちのギルドの方は皆、意気消沈したまま誰も一言も発せずについてきていた。こんな時、聞くに耐えない罵倒を繰り返していたはずの、彼らのリーダーであるバンダナ男はというと。

「い、いや、そんなはずは……あいつは、首狩り赤騎士は確か男で……」

といった調子で、ぶつぶつと、心ここにあらずといった様子で何かを呟《つぶや》き続けている。

はたして、これほど打撃を受けた以上はもう、いくら出資しても再起は無理かもしれないなと、彼らの様子に銀刻は眉を顰める。

どのみち、同じ相手に短期間で三回以上ＰＫ行為に及んだ場合、ハラスメント行為としてペナルティが課せられることは規約にはっきりと記載されているのだ。以後数ヵ月間はあの『ポテトちゃん』に彼らをぶつけることはできない。

銀刻は、これはもう潮時だろうかと彼らプレイヤーキラーたちとの関係も断ち切ることを考え始めながら、ギルドホームである砦《とりで》の門を開けて中へと入ろうとした……その時だった。

バチッと火花を上げて、入り口の扉から弾《はじ》き飛《と》ばされる銀刻の手。

眼前に表示されるのは【あなたはこのエリアに入る権限がありません】という警告。

「……は？」

何かの間違いかと、もう一度扉を開こうとするも、結果は同じ。

何度繰り返しても、ただ『権限が無い』と、慣れ親しみ始めていたはずの砦入り口の門は銀刻を拒絶し続ける。

「な……何故《なぜ》、私がギルドホームに入れないのですか⁉」

狼狽《ろうばい》する銀刻、その姿にプレイヤーキラーたちも何かがおかしいと気付き始めた時だった。

「それは、あなたが既にギルドを追放されているからですよ、ギルマス……いいえ、元ギルドマスターの銀刻さん」

門の上、物見台から降ってくる、聴き覚えのある声。ギルド『東海商事』のサブギルドマスターとして、銀刻の右腕として、メンバーの取りまとめを行っている青年の声だ、聞き間違えるはずがない。

だが、それは同時に、この場所で聞こえてはいけない声でもあった。

「君たちが、どうしてこの場所に……⁉」

この砦は、銀刻がプレイヤーキラーと内密に取引するために個人的に取得し、ギルドマスター権限により他のメンバーからは見えないよう隠匿し、プレイヤーキラーたちに拠点として提供していた隠れ家だ。

だが、その場所が彼に割れている。否、彼だけではなく、その後に続き次々と現れたのは、『東海商事』の主要な生産部門を預けていた幹部の職人たち。

「ギルドメンバーの殆《ほとん》どの者からの賛成により、あなたをギルド『東海商事』から追放します」

「私が……追放ですって。私はこの『東海商事』のギルドマスターですよ？」

「ですから、殆どのメンバーからの賛成と言ったでしょう。メンバーの八割以上の賛成があれば、たとえそれがギルドマスターであっても追放可能です」

一人、哀《かな》しげな表情で、ギルドマスター追放システムについて解説するサブマスターの男。

だが彼以外のメンバーは、プレイヤーキラーたちと共に現れた銀刻に対し、敵意と軽蔑に満ちた目で睨《にら》んでいる。

「俺たちは、他のプレイヤーたちを不幸にするために生産者のトップを目指したわけじゃない」

「もうこれ以上、レッドプレイヤーの片棒を担ぐなんてこりごりよ！」

「儂《わし》も、出来上がった装備を見て、喜んで礼を言ってくれるプレイヤーに恥じぬ職人でありたいからなあ」

銀刻を責め立てる、『東海商事』の主要幹部である職人たち。口々に苦情を吐き出す彼らの態度からは、もはや元ギルドマスターに対しての敬意など感じられなくなっていた。

「……というわけで、残念です、ギンさん。あなたの手段は時に強引でしたが、間違いなくこのギルドを大きくしたのはあなたの功績でした。恩に泥を塗ってしまった事については、本当に申し訳ありませんでした」

最後にサブマスターの男が苦渋の表情で深々と頭を下げた後、もはや話すべきことはないと、彼ら『東海商事』の職人プレイヤーたちはギルドホームとなった砦の中へと消えていく。その背中に向けて、銀刻はこれまでの余裕など微塵《みじん》もない、必死の表情で引き留める。

「いつから……いや、誰の入れ知恵だ、普通に考えれば、誰かが裏で糸を引いてでもいなければそんなギルド全体の八割などといった得票数が集まるわけがないだろう⁉」

今回謀反を起こしたギルドのサブマスターは、温厚で人望もあるが野心に薄く、けっしてこのような簒奪《さんだつ》を行える類の肝っ玉が据わった人物ではなかった。それを知っていたからこそ、銀刻はあの男をサブマスターに据えたのだ。

他の主要ギルドメンバーにしても同様だ。それぞれトップクラスの生産職である彼らは基本的に職人気質であり、お互い仲間であると同時に各生産職のトップ争いをしている、皆がライバルの関係だ。その内の誰かがこのように皆の協力が必要、かつ手間の掛かる策略を巡らせるなど、俄《にわ》かに考えにくい。

——では、誰が。


このような追放劇のシナリオを描ける者が、背後に居るというのか。

呆然《ぼうぜん》と、銀刻が顔を上げて……そして頭上の遥《はる》か上、砦周辺に聳《そび》え立《た》つ崖上でにこやかに笑って見下ろしている少年の姿を見つけた。

「……『嵐蒼龍《ランファンロン》』……シャオ＝シンルー、貴様か!!」

ギリギリと歯を食いしばりながら、銀刻はギルドホームを襲撃させるために、プレイヤーキラーたちへと合図を送る。あの少年に全てを奪われるくらいならば、元の仲間たちであっても打ち倒して再び簒奪してやると、半ば自暴自棄ともいえる暗い覚悟を決めていた。

だが……その顔は、すぐに絶望に染まる。

周囲の崖上から姿を現したギルド『嵐蒼龍』——つい先日『黒の森』にて辛酸を舐《な》めさせられたあの『北の氷河』と並ぶ、間近に控えたギルドランク決定戦における優勝候補の一角に位置する戦闘集団の旗を掲げた一団だ。

圧倒的人数を揃《そろ》え周囲を包囲した彼らは、一瞬の躊躇《ためら》いもなく、銀刻たちを始末する行動に移る。

無数に輝く、数十もの破壊魔法『スターダスト』が発動した光。

空の彼方《かなた》に光る、こちらに向けて迫ってくる流星群。

慌てて撤収しようとする仲間たちだが、大所帯が災いとなり、皆がバラバラな方向へと逃げようとしたためたちまち大混乱が起こり、身動きが取れなくなる。

更には、その背後からは物陰に潜んでいた『嵐蒼龍』の前衛職がゾロゾロと姿を現して、退路を断つ。袋小路《ふくろこうじ》の行き止まりにあるこの砦は、防衛には向いていても撤退は困難だ。

今からではもう、逃げるのも、応戦するのも間に合わない。

もはや完全に詰んだ銀刻へと向けて、崖上からにこやかに手を振ってくる少年の姿が……銀刻の目には、ただの悪魔にしか見えなかったのだった。


——そうしてこの日を境に、高地カレウレルム高原を恐怖に陥れていたプレイヤーキラーたちは、以後、その姿を見せることは無くなったのだった。

3　作戦会議

　クリムたちが『泉霧郷ネーブル』のエリアマスターとなってから、数日が経過したある夜。

「君たちに、一つ提案がある」

　皆が、もうじき開催されるという『暫定ギルドランク決定戦』へ向けてのスキル上げと戦闘訓練から帰り、ギルドホームのリビングでくつろぎながら戦術の打ち合わせなどをしていた時……不意に挙手し発言したのは、ウィンダムでの用事を済ませてこの日ネーブルへと移住してきたばかりのリュウノスケだった。

「ん、何、リュウノスケ？」

「領土の登録と同時に、動画配信機能と、それに連動して観客からの人気でギルドを成長させるために必要なポイントが獲得できるようになったのは覚えているよな？」

「まあ、うん。公式のチャンネルだと凄《すご》い勢いで動画が出ているよね」

「そうだ。そして、オレらもそろそろ何か打って出たいところなんだよな、せっかくこう個性の強いメンバー揃いなのだから」

「それは……確かにね」

　珍しい種族が偶然集まったこのギルドは、人数は少ないが見た目のインパクトはある。

　さすがにこれを利用しないのは勿体《もったい》ないと、クリムも思っていたが……クリムはあいにくと、そうした動画配信の知識には疎く、言い出せずにいたのだ。

「ちなみに……君たちの中で、最も華があるのは誰だと思っているか、皆の意見を聞かせてほしい」

リュウノスケの言葉に、クリムは視点を落とし考え込む。

雛菊《ひなぎく》もリコリスもクリムにとっては眼《め》に入れても痛くないほど我がギルド自慢の可愛《かわい》らしい少女たちであるが、華があるとなると、真っ先に浮かぶのはフレイヤだろうか。

サラサラと絹糸のような金の髪に、神秘的な緑の目を縁取《ふちど》る長い睫毛《まつげ》と、形の良い鼻梁《びりょう》と艶《つや》やかなピンクの唇。華奢《きゃしゃ》でありながら、女性としての魅力は慎《つつ》ましくもはっきりと主張している肢体。

という訳で、クリムは自信満々にフレイヤを推そうと顔を上げたのだったが。

「……え？」

全員と、目が合う。

皆の視線が、満場一致でクリムを指していた。

「いや、いやいや、なんで私⁉」

「今更何を言っているんだ、専用スレッドまで立っているくらいの人気者が」

「私もぉ、クリムちゃんが一番映えると思うなあ」

「私もそう思うです！」

「その……同じくなの……」

なんと、満場一致。

皆の熱い視線が集中し、クリムはひくり、と頬を引《ひ》き攣《つ》らせた。

「そう、こいつはとても可愛い、正直画面映えするんだ！　だが……いまいち口調というか、キャラがパッとしねえ‼」

「……おーけー、リュウノスケ、そこ動くなよ」

クリムがいそいそと、ツッコミ用に買い込んだ『絶対にクリティカルしない』エンチャントが掛かっている投擲《とうてき》ナイフを取り出して構える。

そんな目の据わったクリムから目を逸《そ》らし、話を続けるリュウノスケ。

「ちなみに、現在最強と目されている『北の氷河』のギルマスがこうだ！」

そう言って彼は、一枚の動画を再生した窓を皆に見せる。

『……人気？　関係ないね、私は全ての好敵手を私の足元に跪《ひざまず》かせるだけさ。そうして、自らの最強を証明してみせよう』

それは、公式が注目ギルドに対して行っている突撃取材からの切り抜きらしい。

どこかで見た覚えのある角を持つ銀髪の青年が、そう言って、関係ないねと言いながらバッチリとカメラに向けたポーズを決め、髪をかき上げたりもしながらインタビューを受けていた。

——先日ヴァルハラントで戦った、あの黒服の男じゃないか。

あまりにキャラが違うことにクラッと目眩《めまい》を感じながら、そんなことを思い出す。

確かな自信を感じさせるその様子にはどこか一概に笑い飛ばしがたい雰囲気もあった。

だが……そんなことよりも、元がクッソ美形なだけに、クリム、フレイ、リュウノスケの三名はあからさまに「イラァ……っ」という雰囲気を醸し出していた。

一方で……のほほんと笑っていていまいち何を考えているのか分からないフレイヤはさておき、雛菊とリコリスの無垢《むく》な少女陣は若干ポーッとした様子で見惚《みほ》れていた。イケメンおそるべし。

——イケメン爆《は》ぜればいいのに。

そう、クリムは真顔のまま、胸中で罵るのだった。

「……というわけで、もはやほかのギルドは恥とかそういうのをかなぐり捨てて人気……いや、ウケか？　を獲《と》りに来ているんだよ、他の注目されているギルドは！」

「ええ……」

みんな身体《からだ》張り過ぎでしょ……そう、クリムは戦々恐々《せんせんきょうきょう》する。

「……ちなみに、一つ言っておくが。こうしたキャラ推しをするうえで大事なのは、長所のアピールではない。いや、もちろんあるに越したことはないがな。例えば戦闘が強いとか、歌が巧《うま》いとか。その点については君に関して心配はしていない。だが……」

「……それよりも大事っていうのは？」

「ああ、それよりも大事なのは……分かりやすい短所があることだ！」

「短所？」

「そう、完璧超人なんぞ見ててつまらん。逆に短所しかない奴《やつ》なんぞ見ていてイライラする。だが……ふとした拍子に溢《あふ》れ出る短所、言い換えるとヘタれポイントが、視聴者は大好きなんだ！」

そう、力説するリュウノスケ。こいつこんな奴だったかなと、クリムがポカンとしていると。

「ほい、クリム。ちょっと読んでみ」

そう言って、フレイが何やら開いた本をクリムに渡してくる。

思わず受け取ってしまったクリムが、その本へと視線を落とす。

「え、何、フレイ？　えぇと……『初めに、神は天地を創造された。地は混沌《こんとん》であって、闇が深淵《しんえん》の面《おもて》にあり、神の霊が水の面を動いていた。神は言われた。光あれ』ってうわあぁぁあああッ⁉」

思わず、フレイへと押し付け返した。

「バッ、この、フレッ、このバッ……⁉」

その本……世界で最も売れたという本を、恐ろしいものを見たかのように、顔を真っ青にしてガタガタ震えながら、凝視しているクリム。

罵倒しようにも、舌が痙攣《けいれん》したように回らず、ついには外套《がいとう》のフードを目深に被《かぶ》ってガタガタ震え出した。その姿に……。

「……予想以上の反応だったな」

「後でちゃんと謝っとけよ……」

さすがに、罪悪感からそんなことをコソコソと話すフレイとリュウノスケなのだった。

◇

小一時間ほど悶絶《もんぜつ》していたクリムもようやく復活したが、もう夜遅いからと雛菊とリコリス、そして夜更かしが苦手なフレイヤもログアウトしてしまったギルドホームのリビング。

まだ残っている三人は、未《いま》だにああでもない、こうでもないと議論をぶつけ合っていた。

「……いっそ俺っ子路線も考えたんだが」

「正直、儚《はかな》げ、かつ可憐系《かれんけい》の容姿しているコイツにはミスマッチですよね」

「おいこら可憐とか儚げとか言うな！」

「ぶっちゃけ、今のコイツの容姿に一番似合うのって、儚げ病弱美少女ですよ？」

「は？　ふざけんな、ぜってぇやんねえからな」

「と、まあ、こんな調子で」

もはや半分涙目になって二人を睨みつけながら、断固拒否の構えを取るクリム。

その意固地な様子に、フレイはお手上げと溜息《ためいき》と共に両手を上げる。

「まぁつまるところ、クリムはあんまり女の子っぽい口調をするのは嫌なんだよな」

「そうだよ。儚げとかも私のキャラじゃないし」

「ならば……オレにいい考えがある」

「その言葉は嫌な予感しかしないが……言ってみろ」

「それは――のじゃロリだ！」


沈黙。


「…………じゃ、そういうことで」

「待て、待て待て待て待て!?」

しゅぱっと手をあげて、そそくさと退出しようとするクリムを、慌てて引き止めるリュウノスケ。

「やだよ！　というか何を中学生女子にやらせようとしているんだオッサン‼」

「いやいやいや、オレはお嬢様ムーブよりはマシだと思ってだな！」

「キャラの痛さだと、どっちもどっちなんだよ‼」

渾身《こんしん》の叫びを上げて、ぜぇはぁと荒い息を吐くクリム。

とはいえ……確かに、ほぼ男言葉でいいのも確かなわけで。

「ほら、クリム。試しにさっきの動画のいけすか……ゲフン、クソムカつくイケメンに罵倒で返答するつもりで」

「えぇ……あとフレイ、全然訂正できてねぇよソレ」

「まあ、一回くらい試してみよう。無理だったら後で何食わぬ顔でやめればいいだろ、な、リュウノスケさん？」

「そうそう、こういうのは初期設定なんかブレブレなのが普通みたいなもんだしな、最初は清楚《せいそ》路線だった子がいつの間にか酒乱キャラになってたりとか」

「うー……」

二人の必死な推しに、しばらく唸《うな》り声を上げるクリム。

だが、どのみち町の防衛力強化は急務なのだ。もしも少しの恥で視聴者にウケてポイント入手効率が上がるならば良し、ダメだったならば路線をまた模索すれば良い。

まぁ、町の皆のために一回くらいは試しにやってみるくらいはいいか……と諦めて嘆息する。

「仕方ねぇなぁ……んっんっ」

数回咳払《せきばら》いして、脳裏に思い浮かぶ限り最も「イラッ」と来そうな、のじゃロリの例を思い浮かべる。

——まぁ、これでいいか。

身近に良い例があることに複雑な思いを抱きつつ、その言動をアウトプットする。

「——クク、ハハッ、愉快なことを曰《のたま》う奴じゃ……良かろう、この我、クリム＝ルアシェイア様直々に、貴様を血祭りに上げ、本当の最強が誰なのかをその身に刻んで、貴様程度所詮はザァコ！なのだ！　と！　身の程を弁《わきま》えさせてやろうではないか‼」

腕を組み、胸を張り、顎を上げて口の端を吊《つ》り上《あ》げ、斜め四十五度の角度から見下すように吐き捨てるクリム。その姿は……なんというか、非常に、様になっていた。

「よし、これだ。いいぞクリム、素晴らしいメスガキムーブだったぞ！」

「ああ、バッチリだ、正面から見ていてすげぇ殴りたかった、完璧だ！」

「お前らそれ褒めてるつもりなら一回自分の言動冷静に見直せやぁ⁉」

興奮気味に褒め称《ほ たた》える（？）リュウノスケとフレイの二人に、今度こそ涙目のクリムが放った本

気のナイフ投げが、二人の眉間に炸裂《さくれつ》するのだった。

4　初配信

「ええと、撮影用のマギウスオーブのセットはこれでOK？　そか、これでいいのか。うん、分かってる、演技は躊躇わずに尊大に、自信たっぷりに、だよね」

リュウノスケにもう何度目かの確認を取りながら、リビングのテーブルに置かれたマギウスオーブを、そわそわと心配そうに、しきりに配置し直しているクリム。

それが終わると今度は手持ち無沙汰になったのか、今日は珍しくフレイヤにきっちりセットされ、両耳後ろ、両サイドにひと掬《すく》い三つ編みが追加された髪を玩《もてあそ》ぶ。

「うう、緊張する……あれ、挨拶ってなんだっけ。あ、『アーディ・イーヤ』ね。これって元ネタ、私が生まれる前に出てた世界最初のＶＲＭＭＯ、『Ｗｏｒｌｄｇａｔｅ　Ｏｎｌｉｎｅ』中にあった架空言語だったよね。確か……『人々皆に幸あれ』とかそんな意味だっけ？」

大仰すぎて気恥ずかしいが、こういうのは勢いだ、やっているうちに気にならなくなるだろう。

そう自分を納得させて、一通り準備を終えたクリムは顔を上げる。

「それで、開始は……え、二十秒後？　急過ぎないっ!?」

クリムは慌ててカメラ正面の指定位置に移動すると、服装は大丈夫か最終チェックを始める。

「えー、こほん。三、二、よし」

自分できっちりカウントを取ったクリムが、カメラの前で外套を翻すスタンバイをする。そして……。

「……アーディ・イーヤ！　よく来たな人間ども、我はクリム＝ルアシェイア！　このギルド『ルアシェイア』の主人である！」

ばさりと真っ赤な外套を翻し、堂々と胸を張って手は胸に。目線はカメラと、事前にリュウノスケに受けた指導を意識しながら、ドヤァと不敵な笑みを浮かべてみせる。

チラッと見る来場者カウンターは配信開始直後にしては意外に多く、それも少しずつ増えてきている。未熟を言い訳にして、時間を割いてくれた彼らをガッカリなどはさせたくない。

これはゲーム中の配信機能を利用した、クリムの人生初の、ライブ動画配信。もはや始まってしまった以上は引き返せないと、ここで腹を括《くく》る。

「……本日は数あるライブ配信から、我らがギルド『ルアシェイア』の配信に御足労いただき嬉しく思うぞ。お主らには感謝なのじゃ！」

ひとしきり挨拶を終えて、こっそりと視界中央付近に配置したコメント欄をチラ見する。

コメント：これ、明らかに準備中だよな？
コメント：放送事故？
コメント：でも初々しくてすこ。
コメント：っと、始まったみたいだな。
コメント：可愛かった。
コメント：ポテトちゃん来た――！
コメント：可愛い。
コメント：始まった、可愛い。
コメント：クリムちゃんね、覚えた。
コメント：あ、あーでぃーや？
コメント：あれ、これさては本人気付いてなかった奴だな？
コメント：白髪吸血鬼のじゃロリとか情報過多ｗ
コメント：可愛いからいいんだよ！

「か、可愛……っ⁉」

すでにたくさん流れ出している、予想外の好意的なコメントの数々に、クリムが思わずビクッとなる。

コメント：かわいい。
コメント：かわいい。
コメント：今コメント見たな、かわいい。
コメント：たまにチラッと覗《のぞ》くちっちゃな牙ほんとかわ。
コメント：照れてるw
コメント：ポテトちゃん可愛いよ！

続々と流れていく『かわいい』コールに、ただでさえ緊張状態にあったクリムの頭から、段取りが吹き飛ぶ。
あわあわと狼狽《うろた》える中に、見捨て置けぬ言葉を見つけ、時間稼ぎにこれ幸いと食らいつく。
「ポテトちゃんではない！　たびたび気になっておったのじゃが、なぜ皆、我のことを『ポテトの子』とか『ポテトちゃん』とか呼ぶのじゃ⁉」

コメント：ポテトちゃん涙目w
コメント：必死w
コメント：叫び声がかわいいよポテトちゃんw

更にヒートアップするコメント。ぐぬぬ……と歯軋《はぎし》りしている間に、どうやら急遽《きゅうきょ》リュウノスケが用意してくれたらしいカンペが、視界端にチラッと見えた。

「……はっ！　こ、こほん。本日は、我らギルド『ルアシェイア』発足記念の挨拶に、ほんの少しだけこの場所をお借りしたのじゃ。あとはいくつか質問もしくはリクエスト……という感じでやっていくぞ」

なんだかんだで概《おおむ》ね好意的なコメントに安堵しつつ、当たり障りなく話を進めていく。

「それでなのじゃが、リクエストの方は三件までとさせてもらう。なんせギルド結成の挨拶ゆえ、あまり長い枠を取ってないからの。というわけで、何かあればコメントではなくメッセージのほうにお願いするのじゃ……って早⁉」

説明もそこそこに、ポーン、というメッセージの着信音。やや面食らいながらも開くと、そこには……。

「……うわぁ」

思わず、演技も忘れて素の声で呟く。

コメント：クリムちゃんドン引きw
コメント：何送ったんだw

「えーとじゃな、そのじゃな……読み上げればいいのかの？　では失礼して……『雑魚って罵ってください。できればゆっくり三回、マイク傍《そば》で囁《ささや》くように』……初っ端《しょぱな》からこれとか、大丈夫か主ら人間種ども？」

コメント：（笑）
コメント：大丈夫じゃない問題だ。

「そもそも、こんな年端のいかぬ女子に雑魚となじられて嬉しいのか主ら？　……そうか、嬉しいのじゃな……そうかぁ……」
コメントに乱舞する「嬉しい」の嵐に、クリムは遠い目をして考えるのをやめた。大人って大変なんだろうな……とむしろ優しい気分ですらある。

コメント：ガチ憐《あわれ》みw
コメント：ああ、くりむちゃんが遠い目に……。
コメント：初手ドン引きとかおまえらヤバ過ぎだろw

だが、やると言った以上は、性的な映像などゲームの規約に触れない限りはなるべく期待に応えねばなるまい。

そう決心しグッと頷くと、配信装置である卓上のマギウスオーブを両手で持ち上げて、口元へと寄せる。

「では……行くぞ？」

そう宣言し、すう、はぁ、と数回深呼吸した後、マギウスオーブへと口を寄せてそっと囁く。

「……ざーこ、ざーこ、ざぁ～……こっ？」


——瞬間、コメント欄が、止まった。


何かマズかったろうかと、途端に狼狽し始めるクリム。

「こ、これで良かったかの？　やってみると本当恥ずかしいのじゃが、満足してもらえたじゃろうか……？」

コメント：最高です。
コメント：待ってヤバい召される。
コメント：天使か。いや吸血鬼だった。でも天使だ。

コメント：ウィスパーボイス助かる。
コメント：唇のアップこれはえちちですわ。
コメント：チラチラ覗く可愛い牙これは間違いなくセンシティブ。
コメント：三回目の吐息部分の色気ヤバい、達する。

先程の沈黙が嘘《うそ》のように、今度はクリムの動体視力でも追いきれない速さでドッと流れ出したコメント群。そのほとんどは好意的なものであり、どうやら満足してもらえたようでホッと安堵の息を吐く。

「それじゃ、次は……」

ゴソゴソと、新たなメッセージを開くクリム。
そこに書かれていた文面に目を走らせ……みるみる、その顔が真っ赤に染まっていく。

「だ……ダメに決まっておるじゃろうが⁉　馬鹿か、お主ら馬鹿なのか！　バカなのじゃな⁉」

真っ赤になって、きつく自分の体を抱きしめるように、起伏の少ない胸部と、全身きっちり着込んだ衣装の中で唯一素肌の太ももがチラチラ覗くスカートの裾《すそ》部分を手で押さえるクリム。その様子だけで、視聴者にはもはや何が書かれていたのか明白だった。

コメント：あぁ～この若干涙声の罵声が心地良いんじゃぁ～。

コメント：これは間違いなく事案。
コメント：声がね、ほんと良いの。脳が溶ける。
コメント：このピュアっぷりと初々しさ、クセになりそう。

真っ赤になって恥じらうクリムを燃料に、更に加速するコメント群。

その様子に、クリムは視聴者が居るであろうカメラの向こうをキッと睨みつけるが……再び「かわいい」で埋まるコメント欄。クリムにとっては甚だ心外ではあるが、全くの逆効果であった。


——というか、いつの間にかもの凄く人増えてない？


配信開始時からいつのまにか五倍以上に膨れ上がっている視聴者数に、戦慄を覚えるクリムだった。

「つ……次じゃ、これでラストじゃからな⁉」

僅かに震える声を叱咤《しった》して、上から三番目のメッセージを開封する。

「えぇと……『何歳ですか？』……良かった、今度は普通じゃな。年齢は十四……あ、いや、もう十五に……ん、なんじゃ？」

当たり障りない質問にホッと安堵しながら、気楽に答えてしまうクリムだったが……カメラの向こうで、リュウノスケがやけに慌てていることに首を傾《かし》げる。

そんなリュウノスケは、新たなカンペを用意して、クリムのほうへと見せてきた。

「……っ⁉　しまっ……無し、今のはナシじゃ‼　我は今年でもう齢《よわい》百五十歳の大人な吸血鬼じゃ、良いな⁉」

コメント：なん……だと……。
コメント：ガチ違法ロリババア……？
コメント：今までセクハラ発言してた視聴者さん通報しますね >>

騒然となるコメント欄に、あちゃあ……と両手で顔を覆う。

年齢バレは痛いが……かと言って、今更どうなるものでもない。

ちょっとウザ絡みが増えるかもしれない心配はあるが……まぁ、今のクリムとリアルの紅《こう》を結びつけるのも無理だろうと気を取り直す。

「良いな、我は百五十歳の大人な吸血鬼。くれぐれも間違えるではないぞ⁉」

コメント：了解。
コメント：くりむちゃんはおとな、覚えた。

コメント：こちらのログには何も残っていません！

特に指示せずとも訓練されたコメントに、これでよしと頷く。

「本当は、ギルドメンバーの紹介もしたかったのじゃが、今は情報を極力秘匿する時期ゆえにまた今度な。次にこうして会うのはギルド対抗のバトルロイヤル後になるが、それではまた会おうぞ、視聴者諸君!!」

そう言って締めの言葉まで語り終え、撮影中のマギウスオーブを外套で包み込む。それを合図としてリュウノスケが配信終了したのを確認し……。

「はぁぁああ……っ、疲れた……」

崩れ落ちるように部屋の隅のソファに倒れ込むと、そう肺から絞り出すように、安堵の息を思い切り吐き出した。

……心のどこかで、ダイレクトに視聴者の反応が返ってくる先程の時間が、予想外に楽しかったという感情も同時に抱きながら――……。

……

…………

0179：名無しの冒険者
暫定ギルドランク決定バトルロイヤルまとめ。

日程は今週の土日の夜。

一日目は予選。

計10ブロックに分かれてのバトルロイヤル。

最後まで残ったギルドが本戦進出。

二日目は本戦。

予選から勝ち残った10チームによるバトルロイヤル。

他ギルドメンバーのプレイヤーをキルしたり、最後から何番目まで生き残っていたかによって獲得できるポイントを競う点数制。

とうとう明後日《あさって》から闘争の日々ですよおまえら。

0180：名無しの冒険者
春休み最後の土日狙ったんだな。
これが終わったら新年度か……。
0181：名無しの冒険者
やっぱり一番有力なのは、北の端、廃都ノルバディスに領地を定めた『北の氷河』なのかねぇ。
二週間で大陸北限まで踏破したのは何かおかしいってあのギルド。
0182：名無しの冒険者
その廃都も復興進んで、今は新都ノルバディスに名称が変化しているな。元々帝国に対抗していた魔族勢力を吸収して成長中らしいと、うちの斥候からの連絡。
0183：名無しの冒険者
話聞いていると、もうあいつらだけＲＴＡでもやっているかのようなペースだな……。
0184：名無しの冒険者
ギルド紹介の主要メンバーの発言見たけど、団長のあれ、実力と容姿両方備えた厨二《ちゅうに》のイケメンとかマジ殺意湧くな。そうだよ嫉妬だよ。
0185：名無しの冒険者
しかし、なんで実力のあるギルドほど遠くに行こうとするのかいまいち理解できないんだが、誰か教えてくれ。ウィンダム近くのほうが絶対便利だよな？

0186：名無しの冒険者

まあ短期的にはな。けど、その分競争も激しいし、どうしても入れ替わり激しくなるだろうから、なかなか発展させられない。資源もそれなりになってしまう。

一方で遠くの本拠地だと、あまり攻めてくる相手もいないから地盤固めしやすいし、希少な素材とかも産出されやすいから資源的に優位に立てる。

事実、『北の氷河』なんかは北に拠点構えたことで希少な鉱石独占しているようなもんだから、鍛冶《かじ》系の生産職なんかもあっちに流れていってしまっているぞ。

まぁ公式もそういう想定だってインタビューで言っていたけど、長期的には三～四つくらいの大ギルドが談合して分割統治、その中で配下として統治代行する小ギルド、みたいな感じで分かれるんじゃないかって見方がＧｖＧスレでは主流だぞ。

0187：名無しの冒険者

結局、先行有利なのは仕方ないのか……プレイ時間限られている社会人プレイヤーにも何か救済措置欲しいよなぁ。

0188：名無しの冒険者

>>187

それが嫌なら三ヵ月後に追加する予定だっていう新鯖《さば》で、今度こそ死ぬ気で上目指せよって話になるぞ。俺が廃人に勝てないのは環境のせい、俺らが有利になるようハンデ寄越せって言っている奴が、ハンデ貰《もら》って廃人と同じ土俵に立ったからって勝てるわけがないだろ。

0189：名無しの冒険者

ぐぅ正論。

正論なんだがやめてくれ俺に刺さる。

……

…………

……………

0632：名無しの冒険者

おいお前ら、今ポテトちゃんがギルド設立の挨拶配信してるぞ。

（ＵＲＬは省略されました）

0633：名無しの冒険者

マジか。

マジだったこうしちゃいられねぇ！

0634：名無しの冒険者

このスレから流れてきたらしく、入場者激増し始めたな。
しかしポテトちゃん最初の最初から放送事故してて可哀想w
0635：名無しの冒険者
放送事故？　なんかやらかしたん？
0636：名無しの冒険者
最初から見てた人じゃないと分からんな。
簡潔に言うと、放送準備中に間違えて撮影開始してしまったのを本人が気付いてなかった。演技してない時の状態が初っ端から流れてしまっていたんだよ。
0637：名無しの冒険者
そこで分かったのは、背後にPらしき存在が控えていることと、素のポテトちゃんが緊張しやすい礼儀正しい子だってことだな。
無防備なドアップなんかも映っていて、大変美味《おい》しゅうございました。
0638：名無しの冒険者
放送事故っていっても、人気下がるような要素全く無かったからな。むしろ初々しくて真面目な素の顔が見られて好感度爆上がりだわ。
0639：名無しの冒険者
涙目ｗｗｗ

気にしてたんだな、ポテトちゃんって呼ばれるの。
ぐぬぬ顔かわいい。
0640：名無しの冒険者
ポテトちゃん改めクリムちゃん、覚えた。
0641：名無しの冒険者
ようやく名前判明したか、顔が知られてからもうひと月。長かったな……。
0642：名無しの冒険者
おいｗｗｗ最初のリクエストｗｗｗ
初っ端からこれかよ、くりむちゃんドン引きだぞｗｗｗ
0643：名無しの冒険者
雑ｗ魚ｗっｗてｗ罵ｗっｗてｗｗｗ
0644：名無しの冒険者
地味に要求が詳細で草生えるｗｗｗ
そりゃくりむちゃんも「大丈夫か主ら人間種ども」って言うわｗｗｗ
0645：名無しの冒険者
はい、めっちゃ嬉しいです！
0646：名無しの冒険者

我々の間ではご褒美です！
0647：名無しの冒険者
今の「そうかぁ」にガチな憐憫《れんびん》が込められてておお腹痛《なか》いｗｗｗ
0648：名無しの冒険者
でも嫌そうにしつつやってくれるんだな。天使かよ。
0649：名無しの冒険者
くりむちゃん吸血鬼ぞ、むしろ悪魔じゃね。
あ、でも天使だわ……。
0650：名無しの冒険者
唇のアップめっちゃえちちぃ。
カメラ抱いてるからか、これ俺ら視点みたいでめっちゃドキドキするんだが。
これは間違いなく切り抜かれて吐息とセットの動画出ますね。
0651：名無しの冒険者
深呼吸たすかる。
呼吸音たすかる。
やべぇなんかニヤニヤしてきた、俺キモい。
0652：名無しの冒険者

アップだと喋《しゃべ》るたびにチラチラ見える牙がまた、可愛いな。てか牙ちっちゃい。まだまだ未成熟な女の子って感じがしてマジで好き。
0653：名無しの冒険者
は？
0654：名無しの冒険者
は？
待って、なんか感情が追いつかない。
0655：名無しの冒険者
惚れるわ。
こんなん惚れてまうわ。ウィスパーボイス天使すぎひん？
0656：名無しの冒険者
やべえ、まだ「ざーこ、ざーこ」って耳に残ってる。
めっちゃ動悸《どうき》激しくなってるんだけど。
0657：名無しの冒険者
あの子、子供特有の甘さ、舌足らずさがちょっと残った綺麗《きれい》なソプラノボイスしてるからな。
正直この時点で危ういバランスで成立している完成品だから、冷凍して永久保存してほしい、そんな声。

0658：名無しの冒険者

彼女は大変なものを盗んでいきました……視聴者たちの鼓膜です。

0659：名無しの冒険者

>>658

ガチで大変なもので草。

0660：名無しの冒険者

コメント止まって、反応無くなったせいで狼狽《うろた》えてるくりむちゃんもかぁいい。

0661：名無しの冒険者

なんかこの子、「急に父親である魔王が居なくなって突然魔王就任する羽目になって、頑張って威厳ある魔王演じてる魔王の娘」感があって超てぇてぇし、超すこれるんだけど、分かる人おる？

0662：名無しの冒険者

>>661

わ　か　る　。

勢いで誤魔化してるけど、まだ随所に緊張が見えるからな。

0663：名無しの冒険者

放送事故部分見てるとそうとしか見えないから困る。

なんか精一杯なメスガキムーブ見てるとイラッとするより前にほっこりするな。

（以下高速で同じ話題が流れるので省略）

……

…………

…………………………

0742：名無しの冒険者
で、お前らなんでここでくりむちゃんの話題ばっかやってんだ、専用スレあるだろ。

0743：名無しの冒険者
それが、残念ながら……。

0744：名無しの冒険者
先程、お亡くなりに……ザコのウィスパーボイスに歓喜する声と、スクショと、切り抜き動画の濁流によって次スレの話題が出る暇もなく即死しました。

0745：名無しの冒険者
マジかよ立ててくるわ。

0746：名無しの冒険者
>>0745

ありがとうございます‼

0747：名無しの冒険者
と言ってる間に次のお題だオラァ⁉

めっちゃ赤面してるｗｗｗ

0748：名無しの冒険者
お題またやりやがったｗｗｗ

この真っ赤になってお胸隠すくりむちゃんマジセンシティブ。

ありがとうございます。

0749：名無しの冒険者
これは間違いなく下着の色聞いたなｗ

いや、この手の挨拶配信だとお約束みたいなもんだが、配信者がロリ美少女だと一気に犯罪臭がするな……。

0750：名無しの冒険者
お顔真っ赤にしてお胸とスカート押さえてるだけでヤバすぎる犯罪臭。

……ふぅ。

0751：名無しの冒険者
馬鹿なのか、からの即、馬鹿なのじゃな認定ｗ

良いわぁ……この子の半泣きの罵声本当脳にクるわぁ……。

0752：名無しの冒険者

分かる、もうめっちゃ泣かせたくてしょうがないｗ

0753：名無しの冒険者

この罵声絶対今はガンに効かなくてもいずれ効くようになる奴だわ。

……は？

0754：名無しの冒険者

え、15歳？　うせやろ？

あの鬼つよプレイヤースキルでＪＣってマ？

0755：名無しの冒険者

いまめっちゃ慌てて揉《も》み消《け》しにかかってる。あの反応見る限りうっかりポロリした感じだな。って

ことはマジか。

マジか……。

0756：名無しの冒険者

ガチ違法ロリ確定。

お前ら言動には気を付けろよ、下手したらお縄だぞ。

0757：名無しの冒険者

まさかの女の子でも結婚不可能な年齢。
ＪＣか、早生まれでもＪＫなのか。
0758：名無しの冒険者
待て、以前この子に幸せ投げされた害プレイヤーいたよな。あれを機に改心した奴。
つまり、あいつはＪＣの……俺ちょっと初めてのＰＫしてくる。
0759：名無しの冒険者
>>758
お前だけに行かせるかよ、俺も行くぜ。
0760：名無しの冒険者
>>758
いつＰＫする？　わたしも同行する。
0761：名無しの冒険者
ＪＣのふとももで一人のプレイヤーの命がヤバい。
0762：名無しの冒険者
そんな殺伐としたスレに救世主の登場だ。
お待たせ、放送事故部分の切り抜きだ。
（ＵＲＬは省略されました）

0763：名無しの冒険者
>>762
待ってましたぁぁああ！
0764：名無しの冒険者
>>762
たすかる。
見逃したから本当たすかる。
0765：名無しの冒険者
アッ、これすき浄化されるぅ……。
0766：名無しの冒険者
楽屋だとガチガチに緊張してたんだな、本当初々しいな……枠外で会話してるらしきPが羨ましすぎる。
0767：名無しの冒険者
なんで俺はくりむちゃんのPじゃないんですか……。
（以下、しばらく動画の話題で盛り上がるので省略）

……

………………

0922：名無しの冒険者
しかし、こうしてのじゃロリとか鬼つよＰＳ《プレイヤースキル》とかの色眼鏡取っ払われた状態見ると、この子ってば本当に正統派儚げ美少女だな……かわいい……。

0923：名無しの冒険者
うわ、こっちもギリギリだった。
何やら盛り上がっているみたいだが、専用スレ立ててきたのでクリムちゃんの話題はこちらに移動な。
【ざーこ】ポテトちゃん改めクリムちゃんスレ12【ざーこ】
（ＵＲＬは省略されました）

0924：名無しの冒険者
>>923
グッジョブ、ほんとたすかる。

0925：名無しの冒険者
>>923
マジ有能、ありがとう！

よしお前ら移動だ！

5　花の丘の墓守

——ネーブルの町、東の郊外。

プレイヤーキラーたちの襲撃から早くも数日が経過して、町の中もだいぶ落ち着いたこの日の昼下がり……クリムは真剣な顔をしたルドガーに「一緒についてきて欲しい」と頼まれて、ジュナやジョージも合わせた四人で森の中の小道へと分け入っていた。

黒の森のごくごく浅い場所にある、知らない者たちからは隠されるようにして整備された細道を通り、しばらく上りの傾斜を登った先。

突然、森から抜けて開けた場所に出たと思ったら……そこは、ネーブルの町とその傍の湖を一望できる高台となった広場だった。

「うわぁ……！」

一面に花畑が広がる、高台の広場。

無数の色に満ちた花々は、しかし無秩序というわけではなく、きちんと計算され配置されているのが見て取れる整然としたもの。

極楽浄土を彷彿《ほうふつ》とさせる美しい景色を前に、ジュナが驚きの声を上げる。声こそ上げなかったもののの、クリムとジョージも景色に圧倒されて黙り込んでしまっていた。

「すごい、お兄ちゃん、クリムお姉ちゃん、すっごく綺麗な花畑！」

「あ、こらジュナ、急に走ると転ぶぞ！」

嬉しそうに駆け出したジュナに、我に返ったジョージが慌てて追いかける。

そんな二人を見守るように、クリムとルドガーはゆっくりと後ろをついていく。

「それにしても、ネーブルの町のすぐ近くにこんな場所があったたなんて」

「ああ、俺もこの場所に来るのは久しぶりだが、いつ見てもすげえもんだ」

「え……町の人たちがこの場所の手入れをしているんじゃないの？」

これだけの規模の花畑だ、管理には相当の労力が要るはずだ。

てっきり、町の人たちの共同管理だと思っていたが、ルドガーの話しぶりからすると、町の人たちはこの場所に来ることすら珍しいように聞こえる。

「ああ、実際に町の連中はこの場所にほとんど近寄らないな。この高台には、昔から住み着いているっていう管理人一族が居るんだよ」

「え……その人たちだけで、これだけの花畑を維持しているの？」

「いや、どうだろうな。百年以上前から居るらしいから一族とは言っているが、一人しか見たことないんだよな」

「マジか……それは、本当に人なのかな？」

「わからん。もしかしたらエルフとかの長命種かもしれん」

訝《いぶか》しむクリムに、ルドガーもまったくだと同意し肩をすくめる。

「だけど間違いなく悪い人ではないんだ。その人が上質な薬草なんかも育てていて、たまに町に降りてきては少しだけ卸してくれるんだ。ただ、今回は事情が事情だから、町の人に必要な傷薬を作るのに必要な分を採って行っていいって言ってくれてな」

「ふーん……まあ、フレイヤの回復魔法だけで町の人全員に治療を施すのは無理だもんね」

「そういうことだ。それで、今回はお言葉に甘えさせてもらおうってな」

ネーブルの町は辺境の集落とはいえ、その人口は千人近くいるのだ。一人一人回復魔法をかけていくのは、あまりにもキリがない。

故に、いまネーブルの町はそれを補うためのポーションを大量に欲している。今回、その「管理人」とやらが上質な薬草を提供してくれるというのは、まさに渡りに船な話だったのだ。

「でも、変な条件だったよね」

「ああ、まぁな。嬢ちゃんをこの場所に連れてくることが薬草を摘んでいく条件だなんて、何の用事なんだか」

会話をしながら、綺麗に配置されている花畑を、花を踏まないように気をつけて進む。

その行き着く先に、湖の方を望むことができる崖際に立てられた大きな一つの石碑。そして石碑の周囲を囲むように円形に配置された、十の石碑と二つの祭壇。

いかにも意味ありげなオブジェクトを見つけ、クリムは首を傾げる。

こういった景色のいい場所にあるというだけならば、特に違和感を抱くことはなかっただろう。

しかしクリムが見つけたそれらを不思議に思ったのは、石碑群が決して華美さはなく古びてはいるが、随分と綺麗に掃除されているのが見て取れるからだ。

「十一個の石碑は……いや、これはお墓かな？」

「ああ、そうらしい。管理人は自分のことを墓守だって言っていたしな」

「なー親父《おやじ》、それより早く仕事すませようぜ？」

「お父さんのお薬待っている人たちが、たくさん居るんだよね？」

「おっと、ジョージにジュナも待たせてすまんな。すぐに行くから先に薬草を摘み始めていてくれ。ジョージは何を摘めばいいか知ってるよな？」

「ああ、分かった、まかせてくれ親父」

「はーい！」

ルドガーの言葉に、二人で手を繋《つな》ぎながら、石碑群とは真逆の森の方にある薬草畑へと駆けていくジョージとジュナ。そのいつも通り仲睦《なかむつ》まじい兄妹《きょうだい》の様子に、クリムもルドガーもついつい表情が緩む。

「あんな事があったけど、二人ともすっかりいつも通りに戻って良かったね」

「ああまったくだ、二人とも町が襲撃されたことを特に引きずっていないみたいで安心した。さて、また子供らに怒られないうちに俺も行くかな」

そう言って離れていくルドガーを見送った後、クリムはやはりどうしても気になると、一際大きな墓石を調べるために近寄っていく。

「何かが彫ってあったみたいだけど、朽ちていてもう読めないな。でも……」

丁寧に長さを揃えられた芝生に、配置まで全て計算し尽くされて配置された色とりどりの花畑。記載されている内容こそ読めない墓石は、しかし頻繁に手入れされているのか綺麗な姿を保っている。

「周りはこんなに綺麗に手入れされているのに、墓石を放置するとは考えにくいし……あえて、碑石に刻まれた内容は読めないようにしている？」

何か返答を期待した発言ではない。周囲の違和感についての推理をクリムはなんとなしに呟いた……その時だった。

「はい。この場所の本当の意味を知られて、ここに眠る方々の安寧を妨げて欲しくはなかったもので」

不意に聞こえてきた女性のものらしき声に、クリムは驚きと共にバッと振り返る。

――近寄ってきた気配が、全くしなかった。

だが、確かにそこにはいつのまにか、目深にローブを被ったやや小柄な人影が佇《たたず》んでいた。

声と、見た感じの体格的には、おそらく女性。全く顔が見えない怪しげな風体ではあるが……しかし、不思議とあまり警戒心が働かない。クリムは、すぐにそれがローブの人影の方から漂ってくる、仄《ほの》かな花々の香りのせいだと鼻をひくつかせながら気付く。

そんなクリムの疑問を他所に、彼女はクリムの横に立つと、大きな墓石に恭しく触れながら語る。

「この墓石に刻まれた言葉は……『国の礎《いしずえ》となった獅子赤帝《ししせきてい》ユーレリア＝アーゲント、この地で生まれ育った只《ただ》の一人の女性ユーレリアとして、ここに眠る』と記されていました」

その言葉に、クリムは驚きとともに、自身が纏《まと》う真紅の外套に触れる。

彼女が口にした『獅子赤帝ユーレリア＝アーゲント』……それはクリムに与えられたこのユニーク装備の本来の持ち主であった、旧帝国創設者である女帝の名前だ。

間違いなく、この世界における最高クラスの偉人である彼女の墓が、このような辺境の地の片隅にひっそりと建っているなど、俄かには信じられなかったが……。

「ええ、世間一般で有名な獅子赤帝様の墓は、帝都郊外にある皇帝家の墓地にあります……表向きは」

「表向きということは、真《しん》にその遺体が埋葬されたのは……」

「はい。ユーレリア様は大々的に弔われるよりは、共にこの地から旅立った生涯の腹心たちと共に故郷にひっそり眠ることを望まれましたので、こちらに内密に埋葬されたのですよ」

穏やかに語られる彼女の話を聞いて、そういえばこの『泉霧郷ネーブル』は獅子赤帝蜂起の地であった話を思い出し、そういう事もあるのかと納得する。

「でも、それを私に教えてよかったの？」

「はい、貴女はもう二度もこの町を救ってくださいましたし、それに……」

突然、女性の雰囲気が変わる。

彼女がユーレリアの墓のすぐ傍でその手を掲げた瞬間、クリムを中心に渦巻く風が発生した。

咄嗟《とっさ》にルドガーやジョージ、そしてジュナらの安否を確認しようと振り返るクリムだったが、しかし、クリムの周囲を除く全ての景色は色を失って、まるで時間が止まったように静止している。

急な事態の推移にクリムが驚いて硬直している間も、事は進んでいく。

「ユーレリア様を始め、皆の満場一致により決定致しました——貴女に、託すと」

女性の言葉と共に、周囲全ての墓石が輝いたかと思えば、その上に赤く輝く剣が並んで浮かび上がっていた。

騎士の如《ごと》き威風堂々とした佇まいの片手用長剣《ロングソード》。
肘くらいまでの長さの直身の小刀《ダガー》。
細く優美な刀身をした、片手用の細剣《レイピア》。
鉄塊の如き巨大な刀身を持つ大剣《グレートソード》。
刀身に分割機構が見て取れる蛇腹剣《スネークソード》。
反りの有る幅広の刀身を持つ曲刀《シミター》。
刺突に特化した細い刀身を持つ小剣《エストック》。
幅広の刀身を持つ、おそらく護身のためと思わしき短剣《チンクエディア》。
やや細身ながら長い刀身をもつ両手剣《トゥハンドソード》。
両手持ちにも対応できるよう、やや長めの柄を持つ片手半剣《バスタードソード》。
そして……そっくり双子のような刀身をした、儀礼用の装飾が施された双剣《ツインソード》。

合計十二本の、全てバラバラな形状をした、しかしその全てに同じ様式の紋様が刻まれた紅《くれない》の刀身を持っている剣の群れ。
周囲の墓や祭壇から浮かび上がったそれらの剣の幻影は、クリムの周囲を取り囲むように回転しながら迫ってくる。咄嗟に身構えるクリムだったが、しかし剣はクリムにダメージを与える事はなく、ただ、その身のうちに吸い込まれるようにして消えてしまった。

そして……剣が消えると同時に世界に色が戻り、再び正常に時を刻み出す。

【『EXドライヴ：[redacted]』を習得しました】

「新スキル……でもなんだ、バグってる？」

不意に視界へと現れた、新たなスキルを習得したというアナウンス。

習得スキル一覧を開いてみると、確かに新たなスキルが追加されていたが……しかしそのスキルの名前は伏せられていて何と書かれているか分からない。説明を見ようとタップしてみても、何の反応も返っては来なかった。

「大丈夫です。今はまだ何も分からないかとは思いますが、いずれ馴染《なじ》んでくれれば使えるようになるでしょう。そして……きっと、いざという時には貴女の助けになってくれるはずです」

そう言って、墓守の女性はクリムの手を取る。丈の余るローブの袖に隠された彼女の手は、予想外にも温かく柔らかで、クリムがその感触に思わずドキドキとしていると。

「貴女をこの町へと喚《よ》んでよかった。どうやら、私の見立ては間違っていなかったみたいですね」

「え……」

「貴女が先程託されたものに目覚めた頃に、いずれまた会いましょう。それでは、あの薬師の親子もそろそろ戻って来るでしょうから、私はこのあたりで失礼しますね」

「ま……待って！」

彼女の言葉に聞き捨てならないものがあり、慌てて呼び止めるクリム。

だが……その伸ばした手の先で、突然発生したつむじ風に巻き上げられて舞い上がる花吹雪。

風が収まった時にはもう、これまで会話していたのが白昼夢だったかのように、その姿はどこにも見当たらない。

「俺を喚んだって……いったい、何のこと？」

墓守の女性が消えた場所を見つめながら、茫然《ぼうぜん》と呟いたクリムの言葉に……応える者は、誰も居なかった。

PC　name：クリム
種族：ノーブルレッド
所属ギルド：『ルアシェイア』

■基本能力（ベーススキル）
HP：2110
MP：824
生命力《VIT》：56/100（+15）
精神力《MND》：58/100（+30）
筋力　《STR》：84/100（+35）
魔力　《MAG》：70/100（+50）

■所持スキル
・マスタリースキル
片手武器マスタリー　40/100　（■：成長停止）
両手武器マスタリー　62/100
アーマーマスタリー　21/100　（■：成長停止）

・ウェポンスキル/マジックスキル
短剣　40/100　（■：成長停止）
両手斧　55/100　（■：成長停止）
刀　35/100
大鎌　70/100
投擲　15/100
爪　37/100
牙　12/100
影魔法　72/100
闇魔法　62/100
血魔法　53/100

・生産スキル
採取　40/100　（■：成長停止）
伐採　42/100　（■：成長停止）

・日常スキル
落下耐性　48/100
自然治癒　40/100　（■：成長停止）
疾走　　　65/100
隠密　　　30/100　（■：成長停止）
観察眼　　30/100　（■：成長停止）
起死回生　12/100

・補助スキル
魔法習熟　40/100
変幻　　　49/100

・EXドライヴ
■■■■■■■【まだ開示されていません】

合計　1178/1200
生産　60/100

■特性
『亜純血』
『×：日光弱点（弱）』
『×：銀に弱い』
『×：聖書・十字架に弱い』
『×：火属性に弱い（強）』
※火耐性を－100で固定、装備品以外での補正不可。
『×：光属性に弱い（強）』
※光耐性を－100で固定、装備品以外での補正不可。

書き下ろし　銀の狐《きつね》と鬼の姫

1　鬼人族《オーガ》の姫

「……そこまで！　挑戦者雛菊《ひなぎく》の勝利とする！」

審判役を務めていた鬼人族の青年の、高らかに挑戦者の勝利を告げる声が、大勢の観客に囲まれた決闘場に響き渡る。

その声に、嵐のような『秘剣・九重《ここのえ》』を掻《か》い潜《くぐ》り、必死に最後の猛攻を加えていた雛菊が、ゆっくりと動きを止めた。

「勝った……です？」

信じられないと言った様子で呟《つぶや》く雛菊。その姿にやれやれと肩をすくめながら、膝をついていた試練三人目のボス……『剣匠マ＝トゥ』が立ち上がる。

「これは……参ったね、ワタシの負けさ。さすがはあの吸血鬼っ子の紹介だけあるよ」

苦笑しながら曰《のたま》うマ＝トゥ。その宣言に合わせるように、周囲を囲む観客たちから万雷の拍手が降り注ぐ中で、ようやく勝利を実感した少女の喜びの声が、鬼人族の郷中へと響き渡るのだった。

同じ時間、決闘場から少し離れた高台に設置された、里長やその親族あるいは側近のために設《しつら》えられている貴賓席にて。

「凄《すご》い……あの狐の子、私よりも小さいのにマ＝トゥに勝っちゃった……！」

拳を握りしめて決闘場を食い入るように見つめていた、周囲の鬼人族と比べると身の丈半分もないような小さな少女が、興奮気味に呟く。

「ふぅん……雛菊ちゃん、ね。ちょっとお話しできないかしら」

そう、少女は上機嫌に呟くと、こうしてはいられないとばかりにそそくさと貴賓席から立ち去るのだった。

◇

刀スキル習得クエストである三連戦を潜り抜けた雛菊が案内されたのは、この鬼人族の里を統べる長の館。

「なるほど、お主が……よもやこのように幼い少女が、マ＝トゥに膝を突かせるか、愉快、いや実に愉快！」

上座に敷かれた畳の上に胡座《あぐら》をかいて座り、ガッハッハと鬼人の里全体に響いているであろう大音量で笑っているのは、大柄な鬼人族の中でもさらに一際巨大で屈強な体軀《たいく》を持つ、まだ若い強面《こわもて》の青年。彼こそは、この鬼人族の里長である『侍大将ギ＝テル』であった。

上機嫌な様子の彼の前で、雛菊は恐縮して小さくなっていたのだが、しかしギ＝テルは気安い様子で「よい、楽にせよ」と促す。

「なに、緊張するでない少女よ、いや実に天晴《あっぱ》れであった。このマ＝トゥは刀鍛冶でありながら里の中でも屈指の実力者なのだがな、よもやその年齢で勝負を制してみせるとは、実に面白きものを見せてもらったぞ。聞けば、お主は『刀スキル』を習得したいのであったな？」

「は、はいです！」

「うむ、是非も無い。マ＝トゥ、構わぬから教えてやればよい」

「承知しました」

さすがに里長の前ということで恭《うやうや》しく頭を垂れて傍《そば》に控えていたマ＝トゥが、ギ＝テルの言葉に首肯すると、雛菊の目の前に立ってその額に手をかざす。するとマ＝トゥの手が仄《ほの》かに光を発したかと思えば、直後、雛菊の視界に【刀スキルを習得しました】というシステムメッセージが流れた。

「これで、刀が使える……ありがとうございますです！」

「うん、無事に習得できたようだねぇ。もし何か聞きたい事があれば、いつでも聞きに来なよ」

「この里への出入りも、特に問題を起こさない限りは認めるとしよう。以後、良ければまた好きな時に遊びにでも来るといい」

笑うマ＝トゥと、まるで新たな娘でもできたかのように優しげな表情を浮かべるギ＝テルに見送られ……里長への謁見が終わり、雛菊は里長の館から退出したのだった。

◇

館から出たところでは、クリムを始め『ルアシェイア』のメンバーが雛菊を待っていた。仲間たちから次々に念願だった刀スキル習得への祝福の言葉を掛けられて……一通り済んだところで。

「今日はもう現実世界だとだいぶ遅い時間だし、僕らはこの里で一泊する事にして解散しようか」

「うん、賛成。もう少しで日付も変わるから、春休みとはいえあまり生活ペースを乱すのも良くないよね」

フレイの提案に、フレイヤが追従する。現在、リアルではすでに深夜と言っていい時間であり、皆も普段ならばそろそろ眠りに就いている時間に片足を踏み込んでいた。

「ところで、雛菊はこの後……」

「私は興奮して眠れそうにないので、マ＝トゥさんのお店で刀を見てきますです！」

「だよね。私も色々と里を回ってから向かうけど、あまり夜更かししないように気をつけるんだよ」

喜びですっかりと目が冴《さ》えてしまったらしい雛菊の様子に苦笑しながら、クリムもまた、明日は黒の森を越えて泉霧郷《せんむきょう》ネーブルへと向かうために必要な物資を調達しに立ち去っていく。

マ＝トゥ本人は、挑戦者がまだ居るため、彼らが居なくなるまでは工房へ帰ることはできないらしい。しかし雛菊とマ＝トゥの戦闘を見た挑戦者たちは、戦略を練り直すためにほとんど退散していったために、もうすっかり行列は短くなっている。

そのため、マ＝トゥは「店は開いているから勝手に入って作品を好きに見ていてもいいよ」と言ってくれていた。

ちなみに……店を空けたままというのは無防備過ぎるのでは、と尋ねた雛菊に対して、マ＝トゥはにやりと笑みを浮かべると。

「あっはっは、鬼のものを盗むなんていい度胸じゃあないか。それだけ活《い》きが良《い》いのなら……新しく打った刀の試し斬りに使う肉人形にするのに丁度いいと思わないかい？」

そう、物凄くいい笑顔……ただし目は全く笑っていない……で言われたため、雛菊はこの里では絶対に悪いことはしないと誓うのだったが、それはさておき。

一人になった雛菊は、スキップでもしそうなほど軽い足取りで、郊外にあるマ＝トゥの工房へと続く道を歩いていた……その途中のことだった。

「ねえ、あなた」

「え、私ですか？」

道の真ん中で、行く手を塞ぐように仁王立ちで佇《たたず》んでいた少女が、突然雛菊へと声を掛けてきた。

平均で三メートル近い身長を持つ鬼人族の里には似つかわしくない、雛菊と大差ないほどの小柄な少女だが、その額から伸びる二本の角は、間違いなく鬼人族のもの。

手入れがしっかりとされているらしき濡《ぬ》れ羽色《ばいろ》の黒髪といい、巫女服《みこふく》を模したような緋袴《ひばかま》と千早という出《い》で立《た》ちといい、少女がこの郷のなかでもやんごとなき身分であろうことは明白だが……

しかし彼女は興奮した様子で雛菊に詰め寄ると、呆気《あっけ》に取られている雛菊の手を取って、目を輝かせて語りかけてくる。

「あなた、凄いのね、私よりも小さな子が、あのお師匠さまに勝っちゃうなんて！」

興奮気味に話しかけてくる少女に、雛菊が戸惑いながらもどうにか口を開く。

「あの……お姉さんは誰ですか？」

「あら、ごめんなさい。自己紹介がまだだったよね」

こほん、と咳払《せきばら》いしたあと、少女は丁寧に一礼すると。

「私は椿姫《つばき》。この里の長ギ＝テルの娘で、剣匠マ＝トゥの弟子よ」

そう、告げたのだった。

◇

案内してあげるわ、と意気込む椿姫に先導され、訪れたマ＝トゥの工房。

意外と広い工房内の一角、商品を陳列するスペースに整然と並べられた刀剣の数々に、目を輝かせ、尻尾を揺らしながら夢中になって見て回る雛菊だったが……しかしその表情は、すぐに曇っていった。

「店内にある刀、みんな値段が高すぎてまったく手が出せないです……」

そう、所持金が足りないのである。

店内に並んでいる刀の数々は、雛菊が見つけた中で最も安価な脇差ですら今の所持金では二桁ほど足りない。

それも当然のことで、並べられている刀剣は皆、基本的な性能や美術品的価値もさることながら、強力な特殊効果が付与されており、しかも一本一本に銘が付けられている一点物だ。マ＝トゥが言っていた言葉通りの『妖刀』なのである。

「当然よね、お師匠さまは普段お酒と喧嘩《けんか》ばかりのダメオーガだけど、鬼人族でも随一の刀鍛冶なんだから」

なぜか自慢げに曰う椿姫だったが……しかしすぐに、しょんぼりとしている雛菊の様子を見て慌てて出す。

「あ、あの、雛菊ちゃん。良かったら、私が打ってあげようか……？」

「え、椿姫さまがですか？」

パッと顔を輝かせる雛菊に、椿姫は少しホッとした表情を見せた後、まくしたてる。

「うん。とはいっても私は見習いだし、お師匠さまのものみたいに凄いものは打てないけれど、習作って事ならきっと店に並んでいるものよりずっと安く……」

「姫様、ワタシは貴女《あなた》を弟子と認めた覚えはありませんが」

「きゃあ⁉」

突然、店の入り口から聞こえてきた気怠《けだる》げな声。

直後、可愛《かわい》らしい悲鳴をあげて椿姫が宙に浮き上がる。

椿姫の背後には……いつのまにか呆《あき》れ顔《がお》のマ＝トゥがいて、椿姫の襟首を摑《つか》んで子猫のように吊《つ》り下《さ》げていた。

「何よ、制作手順ならもうバッチリ覚えたわよ！」

「ああ。この一年ずっとワタシの仕事場に押しかけては眺めていたから、そりゃ覚えただろうねえ」

苦笑しながら椿姫の言葉に同意しつつも、マ＝トゥは首を縦には振らず、そのまま椿姫を工房の外へとつまみ出してしまう。

「何度も言っているけれど、姫様には皆が感謝しているからね、無理に刀鍛冶なんて目指さなくていいんだよ、ほら帰った帰った」

「私は無理なんてしてないわよ、なんで……あ、こら！」

取りつく島もないマ＝トゥの態度に、椿姫は頬を膨らませて涙目で睨《にら》むも、暖簾《のれん》に腕押し。

「……もう知らない、勝手に材料集めてきてどこか別の工房を借してもらうんだから！　ほら雛菊、一緒に行こう！」

「えっえっ？」

展開について行けず固まったままの雛菊の手を取って、椿姫は工房のさらに裏手にある山へと続く道へ引《ひ》き摺《ず》っていくのだった。

2　お師匠さま二人

「遠目から喧嘩しているのが見えたけど、なんだか大変なことになっていたね」

「ああ、あんたかい吸血鬼っ子。すまないね、恥ずかしいところを見せたよ」

店内に入って来たクリムの言葉に、しかしマ＝トゥも特に動じた様子もなく、窯に火を起こし始める。邪魔をしないよう作業を見守っていたクリムは、マ＝トゥの方が一段落ついたのを見計らい、ようやく声を掛ける。

「あの子、どこか行っちゃったみたいだけど、追わなくていいの？」

「ああ。素材集めって言っていたし、それなら椿姫様の行き先は分かっているからね。里の裏手にある『落冥山』の採掘場へ鉱石を探しにいったんだろうさ。無念を抱えた悪霊たちがたむろする危険な場所だけど、姫様なら対処法を知っているから問題ないよ」

そう言って、粗茶だけど良かったら飲みな、と茶を淹《い》れてくれるマ＝トゥ。ありがたく湯呑《ゆの》みを受け取り温かな茶で唇を湿らせながら、クリムは先ほどのマ＝トゥの発言の中で気になった場所を反芻《はんすう》する。

「悪霊……悪霊かぁ」

「なんだい、吸血鬼っ子はオバケが苦手かい？」

カラカラと笑うマ＝トゥにクリムはただ沈黙で誤魔化すと、話を変える。

「鬼人族とはいえ、お姫様が鍛冶技術を学びたいって珍しいよね？」

「そうだねぇ……椿姫様としては、本当はギ＝テル様みたいな戦士になりたかったみたいなんだけどね。ただあの通り身体《からだ》が小さくて弱い姫様には難しいから、代わりに皆が使う武器を打つ刀鍛冶になりたいんだってさ」

「そういえば、あの子は鬼人族の子供にしては小柄だよね」

先ほどクリムが遠目に見た椿姫という少女の体格は、せいぜい雛菊より若干年上程度にしか見えないのだ。子供とはいえ、鬼人族にしてはあまりにも小さすぎる。

「あの姫様は、人間と鬼人族の間に生まれたんだよ」

帝国崩壊とその後続いた戦乱の中で、従軍していた陣営が無くなり逃げてきた女性を、当時まだ里長を継ぐ前の青年だったギ＝テルが鬼人族の里へと連れて来て保護して……それが、あの椿姫の母親だったのだと、マ＝トゥがざっくりと経緯を語る。

「勘違いしないどくれよ。ギ＝テル様とあの子の母親は恋愛結婚さ、まあ奥方様は姫様が小さい時に亡くなっているけどね」

「恋愛結婚？」

「ああ、まあ、色々とあったねぇあの当時は。ただ、ここでは特に関係ない箇所だから、興味があればあとでギ＝テル様に聞きなよ、たぶん惚気《のろけ》混じりに思い出話を語ってくれるから」

「いや、それはちょっと……遠慮したいかな」

悪戯《いたずら》っぽく語るマ＝トゥに、クリムは苦笑しながら首を振ると、話を続けるように促す。

「奥方様は、ここから東にある霊峰オラトリオの宗教都市から来たっていう治癒術師の女だったんだよ。あまり戦場向きには見えなかった人だけど、なんでも回復魔法が使えるからって理由で従軍させられちまったんだとさ」

「でも、霊峰オラトリオって……」

「まあ、ワタシたちにとっては不倶戴天《ふぐたいてん》の仇 敵《きゅうてき》だねえ」

元々、鬼人族が住んでいた地が、今の話に出てきた霊峰オラトリオだ。

本来であれば鬼人族は人に敵対している種族ではなく、むしろ初代皇帝である『獅子赤帝《ししせきてい》』に付き従い助けたという、どちらかというと人間に友好的な種族だったのだ。

ところが、この大陸を支配していた帝国、その初代皇帝である『獅子赤帝』の没後しばらくして、『イァルハ教』という現在この大陸で主流となっている宗教の信者たちが、鬼人族を追い出して霊峰オラトリオを奪取、そこに『聖都オラトリア』を建造し……以後、国教を名乗るようになったという血生臭い経緯がある。

以後、鬼人族は人族を、とりわけ聖都オラトリアのことを、平和に暮らしていた自分たちの土地を奪った簒奪者《さんだつしゃ》として憎み、ずっと敵対関係にあったはずだと、クリムは現時点で知り得ている内容を思い出し反芻する。


「だけど、恩には恩を、怨には怨を返すのがワタシら鬼人族さぁね。奥方様の治癒術師としての技能に命を救われた奴《やつ》は多いし、それは姫様も同様さ」

「椿姫にも？」

「ああ、そうさ。奥方様の血がなせる業《わざ》なのだろうけど、姫様はワタシ達《たち》には希少な治癒術師の才がある。ワタシらが喧嘩や鍛錬に明け暮れては世話になっているんだから、感謝していない奴なんてワタシら鬼人族の中には一人も居ないよ」

「あー……鍛錬とか言っていつもガチで斬り合いしているからね、鬼人族のみんなって」

「それは血気盛んな若い連中だけだよ、ワタシらは寝てれば治るくらいにちゃんと手加減してるさ。けどまあ、あんな無茶ができるのだって、姫様が控えているからさぁね」

からから笑いながら若者たちの無茶を語るマ＝トゥ。だがしかし、その表情はすぐに真面目なものになる。

「ただ、あの子は自分の出自がワタシたちの仇敵だってことにずっと悩んでいる。そのせいで無理に役立とうと頑張りすぎて、もっと小さかった頃には何回か体調を崩したりもしたんだよ」

「それは……鬼人族のみんなが過保護になるのも無理はないね」

「だから無理なんかしなくていい、新しく習い事を増やすくらいなら、子供らしくのびのび遊んででもいて欲しいのさ」

椿姫のことを語るマ＝トゥの目や表情は、本当に優しい光を湛《たた》えている。きっと皆があの椿姫という女の子に感謝しているというのは嘘偽《うそいつわ》りない事実であり、故に彼女のことを本当に大切に思っているのだろう。

だが……だからこそクリムには、マ＝トゥをはじめ鬼人族の皆が、あの椿姫という少女のことについて頑なになっているようにも思えた。

「ねぇマ＝トゥ。それ……あの椿姫って子は、本当に無理をしてでも皆の役に立ちたいから鍛冶を学びたいって言っているのかな？」

「……ん？」

「私には、あの椿姫って子が本当に真剣に考えて頼んでいるようにも見えたし、ちょっと厳しく言うけど、マ＝トゥがちゃんとあの子に向き合って返答していたようには見えなかったよ」

「む……それは、痛いところをつくねぇ」

「ねぇ、鬼人族のみんなは、あの子が大事なあまりに、きっと無理をしているんだって思い込みで彼女の話を遮っていないかな？」

クリムの言葉に、マ＝トゥも考え込む。クリムに指摘されるまでもなく、どうやら彼女としても心のどこかに引っかかりはあったのだろう。

「……大人に話を聞いてもらえないっていうのは、子供にとってはけっこう辛《つら》いことだよ」

「なんだい、お前さん。随分と実感が籠っているね」

「あはは……まあ、私も母親にちゃんと話を聞いてもらえなかった子供時代だったからね」

自嘲気味に言うクリムに、マ＝トゥも眉を顰《ひそ》める。

とはいえクリムの……『満月紅《みつきこう》』の場合、育児放棄といった部類のものではない。無視されていたわけではなく、むしろ事あるごとに母親が自分のことを気にかけていたのも理解している。

だからこそ、母親が紅にほとんど顔を見せることもなく仕事で飛び回っていることもまた紅のためであることを、薄々ながら察していた。

――察する事ができるくらいに聡《さと》い子供だったことが、不幸だったのだ。

紅は自分のために忙しくしている母親に、もっと普通の親子みたいに側に居てほしいと願望を告げることができなかったのだ。

結果として、この数年の間に母親とはすっかりと疎遠になってしまった。ただ、寂しいという感情に蓋をしたまま。

「だけど、あの子は違う。あの子はまだ、自分の望みを聞いてもらうことを諦めてはいないよね？」

「……まいったね。まさか、こんなちびっ子に諭されるとは思わなかったよ」

クリムの話を聞き終えたマ＝トゥはばりばりと頭をかきむしると、一段落ついた作業を止めてテキパキ後片付けを済ませ、玄関に掛けてあった己の愛刀を手に取る。

「とりあえず、まぁ……まずはお姫様を迎えに行くとするかねぇ」

「それじゃあ雛菊ちゃんもついて行ったみたいだし、私も付き合うよ。幽霊はちょっと怖いけどね……」

そう言って、出立の準備を始める二人。

――雛菊から緊急の連絡がクリムへと届いたのは、ちょうどそんなタイミングだった。

3　落冥山

一方で、椿姫に拉致される形で『落冥山』と呼ばれている山の入り口がある中層、その採掘場へとやってきていた雛菊は。

「すごいです、椿姫さまに教わったとおりに採掘場入り口のお社にお参りをしたら、本当にエネミーの幽霊たちが襲ってこなくなったです！」

「ふふん、そうでしょう、この山は私の庭みたいなものなんだから、何でも知っているわよ」

雛菊から尊敬の眼差《まなざ》しを受けて、嬉《うれ》しそうに胸を張る椿姫。


彼女が言うには、雛菊たちが今居る『落冥山』は、大昔に隕石《いんせき》が落下した衝撃により地盤がひっくり返った跡地なのだという。

その際に蒸発した大勢の死者、あるいは希少な鉱石目当ての採掘者が大勢亡くなったこの場所はいつしかアンデッドの巣窟となり、生者を冥界に誘う魔の山だとして現在の名前が付いたのだと、椿姫は嬉々《きき》として雛菊に教えてくれた。

出会って間もないが、雛菊にも薄々、この少女がお姉さんぶりたい願望を持ち、面倒見がいい性格をしていることを察していた。

「でも、お参りで友好的になるような霊は、今居る中層だけよ。高い場所に登ったり、崖下の下層に降りると普通に襲って来る、より強い怨念を抱えた悪霊がウロウロしているから気をつけなさい、とくにこのあたりは地盤が脆《もろ》いんだから崩落には注意してね」

「はーいです！」

雛菊は椿姫の忠告に元気な返事をしながら、新たに見つけた採掘ポイントに、借りたツルハシを叩《たた》きつける。

すると思っていたより簡単にボロボロと岩壁が崩れ、中からはゴロゴロと鉱石が転がり落ちてくる。そのほとんどは鉄鉱石や銅鉱石だが、中には隕石の欠片《かけら》だという『隕鉄《いんてつ》』や、妖刀の原料となる死霊の怨念が蓄積した『瞋恚鋼《しんいこう》』という金属などのレア鉱石もちらほらと交じっていた。

「すごいのです、掘れば掘るだけレア鉱石ががっぽがっぽなのです！」

周囲に採掘しているプレイヤーはまだいないため、ほぼ独占状態で掘れるのだ。先行ゆえの高効率に、雛菊は嬉しそうに椿姫へと成果を報告していた……と、そんな時だった。

「あれ、プレイヤーさんがいるです?」

この山に入って、初めてプレイヤーらしき人物の姿があった。

そして……その人物が決して友好的ではないことは、彼が雛菊と椿姫の姿を見つけるなりニヤニヤとした笑みを浮かべ、腰から剣を抜いたことですぐにはっきりとした。

「へえ、君、お姫様の鬼なんて珍しいレアエネミー連れてるじゃん。ガキとレアエネミーを狩れるとか、退屈な仕事だと思ったらこりゃツイて――」

「……ふん！」

「るのぉうあ⁉」

プレイヤーキラーと認識した瞬間、雛菊の行動は一切の躊躇《ためら》いなく迅速だった。

滑るように移動した雛菊の、抜刀の流れのままに振り抜かれた一閃《いっせん》。

それをギリギリとはいえ回避してみせたプレイヤーキラーの男はたいしたものだが、九死に一生を得た彼は真っ青な顔で雛菊を指差し、怒気も露《あら》わに叫ぶ。

「は、話し中に切り掛かってくる奴があるかよ、マナーはどうなっているんだ人として！」

「は？」

チン、と納刀した初心者用の刀を腰に構えて、静かに男の方を向く雛菊。

その目は……斬るべき相手を見つけた人斬りのように、爛々《らんらん》と喜色に輝いていた。

「レッドプレイヤーに発言権なんてないんですよ、母様からそう教わりましたです」

「ひぇ……っ」

気圧《けお》されるように、武器を振りかぶって斬り掛かってくるプレイヤーキラーの男。しかし。

「――『臨』、です！」

「なんっ、このガキ、戦技《アーツ》を……⁉」

男が戦技を放たんとモーションに入った時、雛菊はすでに男が手にした長剣の間合よりも内側へと大きく踏み込んでいた。

最小限の動作で繰り出された神速の柄打ちが、今まさに剣を振り下ろさんとしていたプレイヤーキラーの、武器を持つ手首を弾く。

始動モーションが崩れた男の戦技は不発となり、発動がキャンセルされる。

驚きに目を見開いたプレイヤーキラー、そのかち上げられて無防備を晒《さら》した腕を……。

「『兵』ッ‼」

続いて振り抜かれた、「く」の字を描く二連続攻撃の戦技。

男が武器を持っていた右手と、両脚が、斬り飛ばされて宙へと舞う。

支えがなくなり、なすすべなく地面に這《は》いつくばる男。

だがしかし、ギリギリではあったが男のライフは全損していない。

「くそ、こんなガキにただ一方的にやられて終わってたまるかよ！」

武器を持つ腕と立って歩く両脚を失った男だったが、しかし彼も最後の意地とばかりに次の行動は早かった。

ヤケクソとばかりに叫んだ男の唯一残った四肢である左手の袖から、何かが転がり落ちる。

それは……導火線に火がついた、古典的な見た目をした爆弾だった。

「あ……雛菊ちゃん、そこに居るのはだめ！」

「え、椿姫さま？」

慌てて飛び込んできた椿姫が、雛菊を抱きかかえてその場から連れ去ろうとするも……しかし一瞬早く、爆弾の方が炸裂《さくれつ》する。

「はは、ははは、もう遅ぇ、高レベルエネミーの巣に落ちやがれ、お前らも道連れにッ――」

爆炎に巻かれ、捨《す》て台詞《ぜりふ》の途中で残光となって散るプレイヤーキラー。

直後、雛菊たちが居る足元から激しい振動と、硬いものが割れる不吉な音。同時に足元の感覚も崩れて消えていく――雛菊たちが歩いていた山道、その脆い地盤が爆弾の衝撃で崩落し始めていた。

「お……落ちますです⁉」

咄嗟《とっさ》に退避しようにもすでに遅く、崩落する足場に飲み込まれた雛菊と椿姫は二人、なすすべ無く崖下――悪霊渦巻く落冥山下層へと滑落していくのだった。

4　死霊たちの谷底で

「椿姫さま、すごいです、全快しましたです！」

「こ、これくらい別に……」

崩落に巻き込まれて死にかけだった雛菊の体力が、椿姫の回復魔法によりあっという間に全回復してしまった。それに感動した雛菊の賞賛に、しかし椿姫はただ気まずそうにそっと目を逸《そ》らす。

その様子に首を傾《かし》げる雛菊だったが、しかし今はそれよりも優先するべきことがある。

「ひとまずお師匠には連絡をしましたが、私たちも移動しますですか？」

「そうね……とりあえず谷底の悪霊は弱っている生者に敏感だそうだから、そこは気をつけて進みましょう」

「はいです、ＨＰ残量に注意ですね」

雛菊は椿姫の説明を受けて、クリムからＨＰがイエロー、そしてレッドゾーンに減少するたびに感知される可能性が飛躍的に増大する『生命感知』と呼ばれているエネミーの特性を聞いたことがあるのを思い出し、頷《うなず》く。

「あと、お師匠さまが言うには『実体がある奴は目で、実体がない奴は耳で主に情報を得ている』って言っていたけど……」

「なるほど、オバケが耳でそれ以外が目ですか」

「私、消音の魔法が使えるから、それを使って慎重に進みましょう」

「わかりましたです」

周囲のエネミーと戦闘になった場合、今の雛菊では、この落冥山下層に徘徊《はいかい》する高レベルエネミーたちが寄ってくる前に処理できるような力はない。

そのため絶対に敵とエンカウントはできないという状況の中で、椿姫の案内のもと、谷底を進み始めたのだった。

◇

そうして、しばらく歩いた先。何度か魔法を掛け直しながら谷底を進んでいくと、ふと崖の中に、清浄な空気に満たされた洞窟を発見した。

「ここなら、少しの間は休憩できそうですね。椿姫さまもMPをだいぶ消費したと思いますし、しばらく座って休みましょうです」

「……ええ、そうね」

促されるままに、雛菊が安全を確認した洞窟内に入ってくる椿姫だったが……ここまでの、生命の危機がすぐ側にあるという慣れない重圧のせいか、その顔には疲労が滲《にじ》んでいた。

「ごめんね、雛菊ちゃん。私のせいでこんなことに」

座り込み、頭を抱えながら、ポツポツと呟く椿姫。だいぶ参っている様子を見せる彼女の隣へと寄り添うように座り込み、雛菊は彼女に体重を預けながら語る。

「気にしていませんです、それよりも、椿姫さまが一人でこんな場所に落ちたんじゃなくてホッとしてますですよ」

「どうして、私たち、まだ会ったばかりなのに……」

「それは、椿姫さまが私のためを思って刀を打ってくれるって言ってくれたからなのです」

照れ臭そうに笑いながら告げた雛菊の言葉に、椿姫が驚いてその顔を見つめる。

「え、でもそれは、ちょっといいところをお師匠に見せたら弟子入りさせてくれるかもっていう打算もあって……」

「それでもです。椿姫さまは、落ち込んでいた私を放っておけなかったんですよね？」

真《ま》っ直《す》ぐに目を見ながらの雛菊の返答に、椿姫は今度は真っ赤に顔を染め、そんな顔を見られまいとするように慌ててそっぽを向く。

「だから私、椿姫さまのこと好きですよ。なんだかお姉さんができたみたいで嬉しいのです」

「雛菊ちゃん……」

雛菊の素直な好意の言葉に、椿姫の方からも雛菊に体重を預けながら、ぽつり、と語り始める。

「私ね、最初は本当に、お師匠さまが言うように、皆の役に立ちたいっていう焦りから刀鍛冶になりたかったんだ。実際それで無茶をして何度も倒れたし、里のみんなが心配するのもわかるの」

自嘲気味に語る椿姫の言葉に、雛菊は時々相槌《あいづち》を打ちながら、ただ静かに耳を傾ける。

「けど違うの。最初はたしかにそうだったかもだけど、でも途中からは、真っ赤になった金属が打たれ、伸ばされて、綺麗《きれい》な刀になっていく過程に夢中になってた。魔法みたいって、刀を打つことにただ憧れてたの」

まるで恋する乙女のように目を輝かせながら、刀工の凄さを語る椿姫だったが、しかしすぐに、その目に涙が滲み出る。

「本当に、ただそれだけなのに。お師匠さまも、みんなも、どうして信じてくれないのよぉ……！」

それだけ言ったきり、ひっ、ひっとしゃくりあげながら泣きじゃくる椿姫。

雛菊は、彼女が落ち着くまでずっと寄り添い、その背中を摩《さす》っていた。

それも、やがて落ち着いてきた頃。

「なら、早くこんな場所から脱出して、マ＝トゥさんをぶん殴ってでもそう伝えましょうです」

「……ええ、そうね。こんな場所から脱出するより、絶対にお師匠さまを説得する方が簡単に違いないもの」

泣き腫らし、目の周囲を赤く腫らしながらも、吐き出すものを全て吐き出して泣いてスッキリしたとばかりに元気に言う椿姫。その様子に雛菊も頷き、立ち上がると椿姫へ手を差し伸べる。

「ありがとう、もう大丈夫。『お姉さん』が弱音を吐いてごめんね」

「気にしないでくださいです、それじゃあ」

「ええ、こんな陰気な場所、さっさと二人で脱出しましょう！」

「おー、なのです！」

手と手を取り合った二人は、元の場所へと帰るべく、ふたたび死霊渦巻く谷底の道へと踏み出すのだった。

◇

慎重に慎重を重ね、敵とのエンカウントを絶対に避けるようにして着実に進む雛菊たち。

時に回り道をして、時には椿姫の消音の魔法で回避して、ステルスミッションを続け……神経をすり減らした数十分間の末。

「あとは、この坂道を登りきれば……！」

ついに見えた、元いた落冥山中層の採掘場へと続く登り勾配。

ようやく危険な下層から脱出できると、嬉しそうに駆け出した椿姫だったが……その後を追う雛菊が、途中、踊り場のように広い空間の横に聳《そび》える崖の上に、動く影があるのを見つけた。

「椿姫さま、危ない！」

「え……きゃあ⁉」

慌てて走るスピードを上げて、椿姫を抱きかかえて横に飛ぶ雛菊。

直後、まさに今しがた椿姫が走っていた場所へと、巨大な何かが勢いよく落下してきた。

ふしゅる、と悍《おぞ》ましい吐息の音を上げながら、ゆっくりと立ち上がったのは……人型をした、異様な風体のエネミーだった。

「この、エネミーは……！」

着物を着用した、見た目は鬼人族の女性にそっくりなエネミーだ。

しかし、平均的な鬼人族と比較してですら倍はある巨大な体軀と、ざんばら髪の隙間からギョロリと雛菊たちを睥睨《へいげい》する暗い赤の瞳。その右手には、血の染みがこびりついてまばらに赤く染まっている、四角い刀身を持つ包丁を数十倍巨大にしたような大鉈《おおなた》を携えている。

極め付けに、目の前の鬼人族らしき女は、口々に怨念を吐き散らす真っ黒な悪霊や死霊の類を身にまとい、従えている。

これまでとは全く違う雰囲気をしたエネミーの様子に、咄嗟に雛菊が鑑定を試みる。

そこに表示されたのは……あまりにも絶望的な情報の数々だった。

◇

【堕鬼　朝見ずのイ＝ワ】
落冥山下層に夜間だけ現れる鬼女。過去に誤って我が子を自らの手に掛けたことによって正気を失い、己《おの》が子の魂を探し求めて徘徊しつつ、生者を襲ってその血を啜《すす》る亡者と成り果てた元・鬼人族の女性。山に集まる悪霊を喰《く》らい、その怨念により鬼人族の戦士団ですら返り討ちにしてきたほどの強大な力を蓄えている。

強さ：推し量れそうにないほどの相手だ。撤退を推奨。

◇

最上級の警戒対象であることを示す、毒々しいほどに真っ赤な文字で記載されたエネミーデータ。このような特殊な表記がされるということは、つまり。

「お師匠に聞いたことがあります、これは『悪名高い《ノートリアル》』エネミーですね……！」

雛菊の額に、緊張からツッと一筋の汗が流れる。

ノートリアルエネミー……それは条件を満たした際に各地に時折現れるという、フィールドボス同等かあるいはそれすらも凌《しの》ぐほどの強大な力を蓄えた、大規模な討伐団を組んで当たるべき最上級に危険なエネミーたちの総称だ。

雛菊にその存在を教えてくれたクリムをして、見かけても絶対に手出しをしないように、もしも間違えて交戦する羽目となった場合はとにかく一目散に離脱をするよう念押しされていた……それほどに危険な相手だ。

だが……今、雛菊の背後には椿姫がいる。

「椿姫さま、上層に戻る道はありますですか？」

「わ、私はここ以外知らないけど……」

「ですよね、なら、どうにかここを突破しないといけないですか」

唯一の逃げ道は、『朝見ずのイ＝ワ』の背後。それは向こうも承知のようで、進路を塞ぐように立ち塞がっている。

勝機は、絶無。

逃げ道は、敵の向こう。突破しなければ逃げることもままならない。

だが倒す必要がないならば。雛菊たちはこの場から逃げられさえすればいい。最悪の場合、椿姫だけでも逃がせればそれでいいのだ。

「絶対に、二人で帰りますですよ」

「う、うん……！」

決して諦めていない雛菊の姿に、椿姫も杖《つえ》を握り締めて、ふたたび立ち上がるのだった。

◇

……戦闘開始から、数分が経過した。

懸命に抵抗する雛菊と椿姫だが、状況は依然劣勢どころか、瞬く間に悪化の一途を辿《たど》っていた。

鋭い剣閃《けんせん》は目で追うのがやっとなほどで、回避どころかギリギリ刀を軌道に差し込んで逸らすことでなんとか致命ダメージだけは避けている、という有様《ありさま》。

しかも、イ＝ワの凶刃が纏《まと》っている怨念の霧が、雛菊を拘束するかのように纏わりつく。

途端に、雛菊のステータスを減少させるデバフが表示される。

「っ、蒼炎《そうえん》！」

対する雛菊も、全身から蒼い炎を吹き上げてまとわりつく怨念の霧を押し返す。

浄化の炎が雛菊を戒める怨霊を焼き払い拮抗《きっこう》すると、付与されたデバフが解除されてステータスは元に戻るが、『蒼炎』の代償としてそのＨＰがじわじわと減少し始める。

「雛菊ちゃん、回復を！」

減った雛菊のＨＰを、椿姫の放った回復魔法が元に戻す。

だがその椿姫の顔色には、だいぶ疲労の色が濃い。ここまでの戦闘でもう十何回と立て続けに雛菊を回復していた彼女のＭＰは、すでにほとんど残っていないはずだ。

一撃でもまともに当たれば即死するであろうイ＝ワの攻撃。

凌ぎ続けているのはひとえに雛菊の剣術センスによるものだが、このままではやがて一度のミスで致命的となるのは目に見えている。いや、椿姫のＭＰが尽き次第削り殺されるのが先か。

それを誰よりも理解している雛菊が、焦り始めた……その時。

『──ヲォヲヲ※※※怨ンンッ‼』

背筋が凍りそうな雄叫《おたけ》びを上げたイ＝ワ、その大上段へと構えられた大鉈に、纏っていた怨嗟《えんさ》の霧が寄り集まって巨大な漆黒の刃と化していく。

どうにか回避するか、無理ならばせめて椿姫を巻き込まない位置にと駆ける雛菊だったが──しかしイ＝ワの狙いは雛菊を正確に捉えて追尾してくるまま、名高き示現流もかくやという凄《すさ》まじい速さで、漆黒の刃が雛菊に向けて振り下ろされた。

──これは、受けられない。

背筋を走る悪寒による予感から、雛菊は咄嗟に身を捻《ひね》って刃が降ってくる場所から避けると共に、少しでも攻撃を逸らすべく刀を傾けて構え、受け流し姿勢を取る。

だが……双方の間に横たわるは、歴然とした攻撃力の差。

直後、真っ暗な霧を纏った大鉈と接触した雛菊の刀がその耐久力を一瞬で全損し、甲高い音を立てて中程から折れて、切先だけが宙に舞った。

「──椿姫さま、全力で上の層に逃げるです！」

即座に、雛菊は己を犠牲にして椿姫を逃がすことにのみ専念しようと決断し叫ぶ。

大技で若干の硬直が発生したイ＝ワの視点は、完全に椿姫から外れている。雛菊があえてこうなるように誘導したのだから当然だ。

雛菊は、プレイヤーだ。死んだとしても登録してあるリスポーン地点で復活するだけだ。

だが椿姫は違う。彼女はこの世界でただ一人、死んだらやり直しの利かないＮＰＣ……この世界の住人なのだから。

「で、でも雛菊ちゃんは」

「いいからさっさと行けです‼」

必死に叫ぶ雛菊の初めて聞くような荒っぽい声を受けて、ひくりと肩を震わせた椿姫が涙を浮かべて踵《きびす》を返す。

椿姫は聡い、自分が残っている限り雛菊も逃げられないから、それしか無いと判断したのだろう。

その苦渋に満ちた横顔をチラッと見て、雛菊は心の中で謝罪する。

この世界の住人《NPC》は、なぜかプレイヤーの死を認識できない。ただ、目の前で誰かが死んだという朧《おぼろ》気《げ》な認識だけを漠然と覚えているらしい……と、プレイヤーたちが情報交換をしているＢＢＳにて誰かが検証した内容を解説されていた。

きっと、椿姫にはここで誰かを見捨てて逃げたという負い目だけが今後記憶として刻まれてしまうのだろう。それは雛菊がリスポーンしてふたたび彼女に会いに行っても、きっと癒えることは無い。

そう理解しているからこそ、雛菊は二人で生き延びることに必死だったのを、今この瞬間かなぐり捨てたのだ。

――だけど、それでも椿姫さまには生きてほしいです。

まだ出会ってからほんの二時間程度の付き合いではあるが、そう強く思えるくらいに、雛菊はもう椿姫というNPCのことを気に入っていたのだから。

眼前で振りかぶられ、振り下ろされようとしているイ＝ワの大鉈。

武器を失い防御手段を失った今、もはや回避も難しいが、それでも椿姫が逃げるまでの時間を稼ぐために少しでも生き延びるべく、足に力を込めた――その時。

「ウチの姫様に」

「うちのギルドメンバーに」

「「何をしてくれてるんだこの野郎っ!!」」

崖上から飛び降りてきた大小二つの影が、Xの字を刻むようにそれぞれ手にした武器を閃《ひらめ》かせた。

大きくたたらを踏み体勢を崩したイ＝ワ。

そのイ＝ワと雛菊たちの間へと降り立った、二人の人物は。

「お師匠!?」

「お師匠さま!?」

待ち望んでいた救援。

颯爽《さっそう》と現れた二人の姿に、雛菊と椿姫が同時に喜びの声を上げる。

一方で、雛菊たちを背後に庇《かば》うようにイ＝ワと対峙《たいじ》した二人――クリムとマ＝トゥの表情は固い。

「参ったねえ、あんたと一緒でも、流石《さすが》にこいつには勝てないよ、吸血鬼っ子。さてどうしようかねぇ？」

二人の会心の一撃は確かにクリーンヒットしたはずなのに、数本ある体力ゲージの一ミリすら減っていないイ＝ワのHP。やはり『悪名高い』エネミーは伊達《だて》ではなく、いくらクリムとマ＝トゥが加わったとしても、たったの四人でどうにかできる相手とは思えない。

「そうだね……マ＝トゥの脚なら、その子らを連れて逃げられる？」

「こいつは下層からは出てこない、上まで逃げればなんとかなるよ」

「オーケー、三十秒だけこっちで時間稼ぐから、マ＝トゥは二人をよろしく！」

「ああ、承ったよ！」

クリムの言葉を受けて、マ＝トゥがひょいひょいと雛菊と椿姫を両肩に担いで回収すると、物凄いスピードで戦場から離れていく。

一方で、一人残るように皆の前へと出たクリムは大鎌を構え、叫ぶ。

「――灼血《ブレイズ・ブラッド》!!」

即座に真っ赤に染まる髪と、吹き荒れる赤い霧状のオーラ。

直後、邪魔だとばかりにクリムへ振り下ろされたイ＝ワの大鉈が、しかし冗談のように弾《はじ》かれた。

あきらかにこれまでとは違う手ごたえに、眼前に立ち塞がるクリムが尋常な相手ではないと悟ったらしきイ＝ワが、ターゲットをクリムへと向ける。

その光景を、マ＝トゥの肩に担がれた雛菊は。

「やっぱり、お師匠はすごいのです」

憧憬と羨望の入り混じった眼差しで、目で追うのもやっとな激しい斬り合いをイ＝ワと繰り広げ始めたクリムの姿を見つめながら、呟くのだった。

◇

そうして、無事に戻ってきた落冥山中層の採掘場で。

「マ＝トゥさん。お師匠、無事に離脱したそうです」

「へぇ、あの子はさすがだね。それじゃあ、ここからはゆっくり行こうか」

クリムから『こっちはイ＝ワからどうにか逃げ切ったよ』とのメッセージを受け取った雛菊が、いまだに二人を担いで走っているマ＝トゥへと報告する。

そうしてようやく歩《あゆ》みを緩めることができたマ＝トゥは、あらためて、左肩に担いでいる椿姫へと静かに語りかける。

「椿姫様」

マ＝トゥの呼び掛けに、椿姫の小さな肩が、目に見えてわかるくらいビクッと震えた。

きっと怒られると、顔を真っ青にしてダラダラ冷や汗を流している椿姫だったが……しかし、マ＝トゥが次に口にしたのは、予想外のことだった。

「工房に、制作途中で放置してる刀が何本かあるんだけどさ。姫様、ためしに一本仕上げてみな」

「え……それって、弟子にしてくれるってこと⁉」

「バカ言いなさんな、またこんなことがあったらたまったものじゃないから、試験くらいはしてあげようってね。チャンスはあげるけど、完成した物から本気で目指そうって熱量が感じられなかったら話はここまでさ」

はっきりと告げるマ＝トゥだったが、それでも椿姫は機会を貰《もら》えることに、嬉しそうにしている。その様子を見て、雛菊は「良かったですね椿姫さま」と内心で告げ、微笑《ほほえ》んだ。

「あと、客人を巻き込んで落冥山下層に行ったことは、里長には伝えておくからね」

「う⁉︎」

続いてマ＝トゥから放たれた無情な言葉に、椿姫は今度こそピシリと石化する。

「ね、ねぇマ＝トゥ、それだけはなんとか誤魔化して……」

「やるわけないだろう。こってり搾られて、二度と親を心配させないようキッチリ反省しな」

「はぁい……」

ガックリとうなだれて、よほど父親に怒られるのが怖いのか、先ほどよりもいっそう顔を真っ青にする椿姫の姿に……雛菊もマ＝トゥも、堪えきれず吹き出すのだった。

5　新米剣士と見習い剣匠

——一晩明けて、『ルアシェイア』のメンバーが鬼人族の里から出発するために待ち合わせの約束をしていた、やや遅めな朝の時間。

「あー、ようやく元の姿に戻れたよ……」

「おつかれ。ログインしたらいきなり血液不足のちびクリムが出迎えてきたもんだから、いったい何事かと思ったぞ」

里の入り口である門を出てすぐの場所、渓谷に架けられた吊り橋の前。

一晩小さな姿で過ごすのはよほど大変だったようで、やれやれと疲れた様子で溜息《ためいき》を吐くクリムに、フレイが苦笑する。

一方で、クリムがフレイヤと共に物陰で血の補充をしている間、雛菊は昨夜の出来事を皆に語って聞かせていた。

「はー、それは、大冒険だったね雛菊ちゃん……」

雛菊が語る一晩の冒険譚《たん》を食い入るように聞いていたリコリスが、感嘆の声を上げる。

「私も会ってみたかったなあ、鬼のお姫様」

残念そうに呟くのは、吸血のために乱れた衣服を直して戻ってきたフレイヤ。しかし雛菊は、首を振ってにぱっと笑う。

「大丈夫、椿姫さまはきっと見送りにくるのです……と言った側から来たみたいですね」

慌ただしい足音が近付いて来ていることを、雛菊の大きな耳はしっかりと捉えていた。

振り返るとそこには、今まさにマ＝トゥの工房から里の入り口へと向かう下り坂を慌てて駆け下りてくる、巫女装束の少女の姿があった。

「はぁ、はぁ、良かった間に合った……はい雛菊ちゃん、これを受け取って。あなたが持っていた刀は折れちゃったんだから、代わりに持って行きなさい」

「これは、椿姫さまが打った刀です？」

「ええ、そうよ。お師匠さまみたいにはいかないけど……でも、私が今の時点で出せる力はぜんぶ注《そそ》ぎ込《こ》めたと自負しているわ」

そう言って椿姫から雛菊へと差し出されたのは、黒鞘《くろざや》に銀細工のシンプルな拵《こしら》えながら、柄巻に鮮やかな蒼い飾り紐《ひも》を織り込み化粧がされた太刀。

少しだけ鞘から抜いてみると、妖刀という響きとは裏腹に暖かみのある色合いをした、薄《うっす》らと朱色の混じった鋼色の刀身。綺麗に磨き上げられた刃には美しい刃紋が浮かんでおり、椿姫は雛菊たちが出立する時間ギリギリまで丁寧に仕上げていたのが、雛菊にもすぐに分かった。

「マ＝トゥさん、相場はいくらですか？」

「そうだねぇ、あんたらのお友達価格として大まけしてあげたとして、だいたい十万ＦＯＬってところじゃないかい？」

「わかりましたです！」

雛菊は、椿姫を追って後ろをゆっくりと歩いて来たマ＝トゥに相場を尋ねると、いそいそとイン

ベントリを操作して、雛菊の現在出せる所持金としてはギリギリの額である貨幣の入った袋を躊躇いなく取り出す。その様子を見て、慌てるのは椿姫だ。

「ちょ……なんでよ、私、雛菊ちゃんからお金を取る気なんてないわよ⁉」

「それでも、私が払いたいから払いますです」

「なんでよ！」

「この刀が、『剣匠・椿姫』が打った初めての作品だからです！」

何もおかしいことは無いとばかりに言い切る雛菊に、椿姫は驚いて目を見開く。

「私たちは、もう対等のお友達です。だから職人を目指す道を選んだ椿姫さまが打った刀に、私は剣士としてちゃんと相応のお金を出すのです」

「……つまり新米刀鍛冶の私と、新米剣士のあなたで、対等なパートナーってこと？」

「はいです、ついでに今後はお互い成長を競い合うライバルなのです！」

パートナーで、ライバル。何回かその響きを反芻した後、納得した椿姫は満面の笑顔で雛菊に手を差し出す。

「いいわ、いつか絶対に、成長したあなたに相応《ふさわ》しい最高の刀を私の手で打ってみせるから」

「はいです、私も負けませんですよ」

「またね、雛菊ちゃん。それと……今後私にさま付けは禁止だから」

「はいです。また遊びに来ます、椿姫ちゃん」

二人の少女は言葉を交わし、笑い合い、握手して、軽く抱擁を交わし合うと……ふたたび離れ、お互いの行くべき道へと戻っていくのだった。

◇

【無銘の妖刀】

見習い剣匠『椿姫』が、初めて打った一振り。

高品質の素材を用いているために市販の刀より質は良いものの、技術的に言えばまだまだ未熟な腕で打たれた一振り。しかし内に込められている蒼い炎は今は小さくとも確かな熱量を放っており、いずれ時を経て盛大に燃え上がるであろうことを予感させる輝きを秘めている。

属性：ユニーク
効果：装備時、『蒼炎』によるＨＰ継続減少効果を軽減する。

◇

あとがき

お久しぶりです。
本書【Ｄｅｓｔｉｎｙ　Ｕｎｃｈａｉｎ　Ｏｎｌｉｎｅ〜吸血鬼少女となって、やがて『赤の魔王』と呼ばれるようになりました〜】著者、ｒｅｓｎと申します。
本――ッ当にお待たせしました。この度は、ようやく小説二巻をお届けできました。
元々この【Ｄｅｓｔｉｎｙ　Ｕｎｃｈａｉｎ　Ｏｎｌｉｎｅ】はＷＥＢにて掲載している作品なのですが、二巻の執筆にあたり直面したのが「どこまでを二巻の内容にするのか」ということでした。
ところが、きりの良い箇所は短すぎるか、あるいはギリギリの文字数で何かを書き加えることができないかの二択になってしまっていたのです。そこで当時の私は思いました。

――半分書き下ろしにしてしまえば良いじゃん、と。

もしもこの世界にタイムマシンがあるのならば、私は今すぐ当時の自分のところへ行って小一時間くらい説教してくることでしょう。
しかしその分、ＷＥＢ版と比較しても、他のプレイヤーたちが取っていた行動や、本来であれば出番はもっと先であったはずのライバルたち、このゲームの世界についてなど、さまざまな部分を深掘りできたと思いますので、そのあたりも含めて楽しんでいただけたならば幸いです。

と、そんなこともありましたが、ようやくお届けできた二巻は如何《いかが》でしたでしょうか。書籍から入ってくださった読者の方々だけでなく、ＷＥＢから応援してくれていた読者様方にも満足していただけていれば良いなと思います。

引き続き本書のイラストを担当してくださったヤチモト先生、コミカライズの方もスケジュールが大変であろう中、美麗なイラストの数々を本当にありがとうございました。この本が出る頃にはコミカライズの方はもう単行本の八巻が出ている頃かと思いますが、もし小説から入ったという方が居られましたら、是非とも漫画の方も手に取っていただけたら幸いです。

それでは小説三巻でまたお会いできることを祈りつつ、このあたりで失礼します。本書を購読していただきありがとうございました。

ｒｅｓｎ

Kラノベブックス

Destiny《ディスティニー》 Unchain《アンチェイン》 Online《オンライン》 2
～吸血鬼少女《きゅうけつきしょうじょ》となって、やがて『赤《あか》の魔王《まおう》』と呼《よ》ばれるようになりました～

resn《レスン》

2024年7月31日第1刷発行

発行者	森田浩章
発行所	株式会社 講談社 〒112-8001　東京都文京区音羽2-12-21
電　話	出版　(03)5395-3715 販売　(03)5395-3605 業務　(03)5395-3603
デザイン	小久江厚（ムシカゴグラフィクス）
本文データ制作	講談社デジタル製作
印刷所	株式会社KPSプロダクツ
製本所	株式会社フォーネット社

KODANSHA

ISBN978-4-06-532365-6　N.D.C.913　273p　19cm
定価はカバーに表示してあります

ファンレター、
作品のご感想を
お待ちしています。

あて先
〒112-8001　東京都文京区音羽2-12-21
(株) 講談社　ライトノベル出版部 気付
「resn先生」係
「ヤチモト先生」係

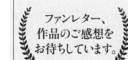